BIG CLAY POT

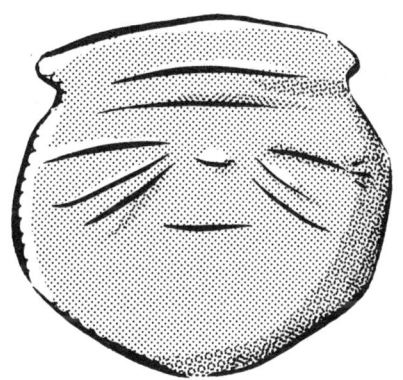

by Scott Mills

Edited by Chris Staros.
Book design by Scott Mills and Brett Warnock.
Cover painting and logo design by Kalah Allen.
Published in 2000 by Top Shelf Productions, Inc.
Top Shelf Productions and the Top Shelf logo
are TM and © 2000 by Top Shelf Productions, Inc.
All rights reserved. No part of the contents of this
book may be reproduced without the written
permission of the publisher.
Printed in Canada.

Big Clay Pot copyright © 2000 by Scott Mills.

ISBN 1-891830-16-3
1. World History
2. Graphic Novels

Top Shelf Productions, Inc.
PO Box 1282
Marietta, GA
30061-1282 USA
www.topshelfcomix.com

Yayoi

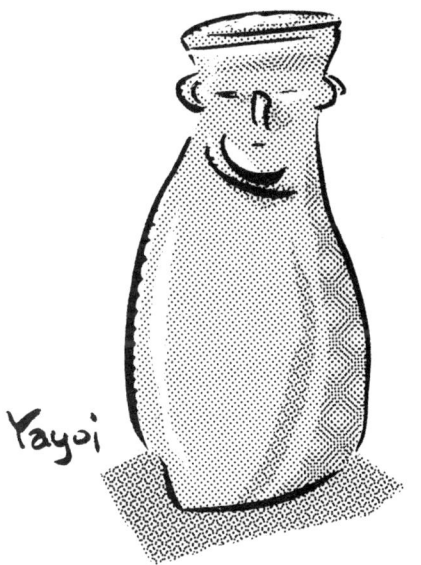

For My Sweetie

Jomon

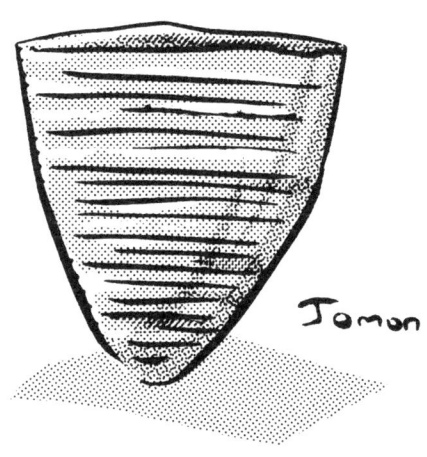

BIG
CLAY
POT

紀元前200年 それは氷河期の末から3、4世紀前だった。
氷が溶けて水位が増し、アジアや日本列島ができた。
多くの移民が日本にやってきた。いくらかの人たちは自由を求めた。
いくらかの人たちは豊かになりたかった。
サツーキムは韓国から日本の4列島のなかで最も南の九州にやってきた。
彼女は新しい生活を求めていた。

200 BCE

Map labels: North Korea, Sea of Japan, Japan, Honshu, South Korea, Shikoku, Kyuushuu, East China Sea, Pacific Ocean

It has been several thousand years since the end of the last ice age. The waters have warmed and risen, excising great portions of East Asia while simultaneously creating the cluster of islands we know as Japan.

Across this modest new body of water came many immigrants. Some sought freedom. Some sought fortune.

When Sun Kim came from Korea to Kyuushuu, the southernmost of the four largest islands of Japan, she was simply looking for a fresh start...

若い釣りの人は、とても親切で私を運ぶために海を越えてくれました。私は、長い間生まれ故郷で受け入れられなかった。します。でも私は気付かないふりをしているの。

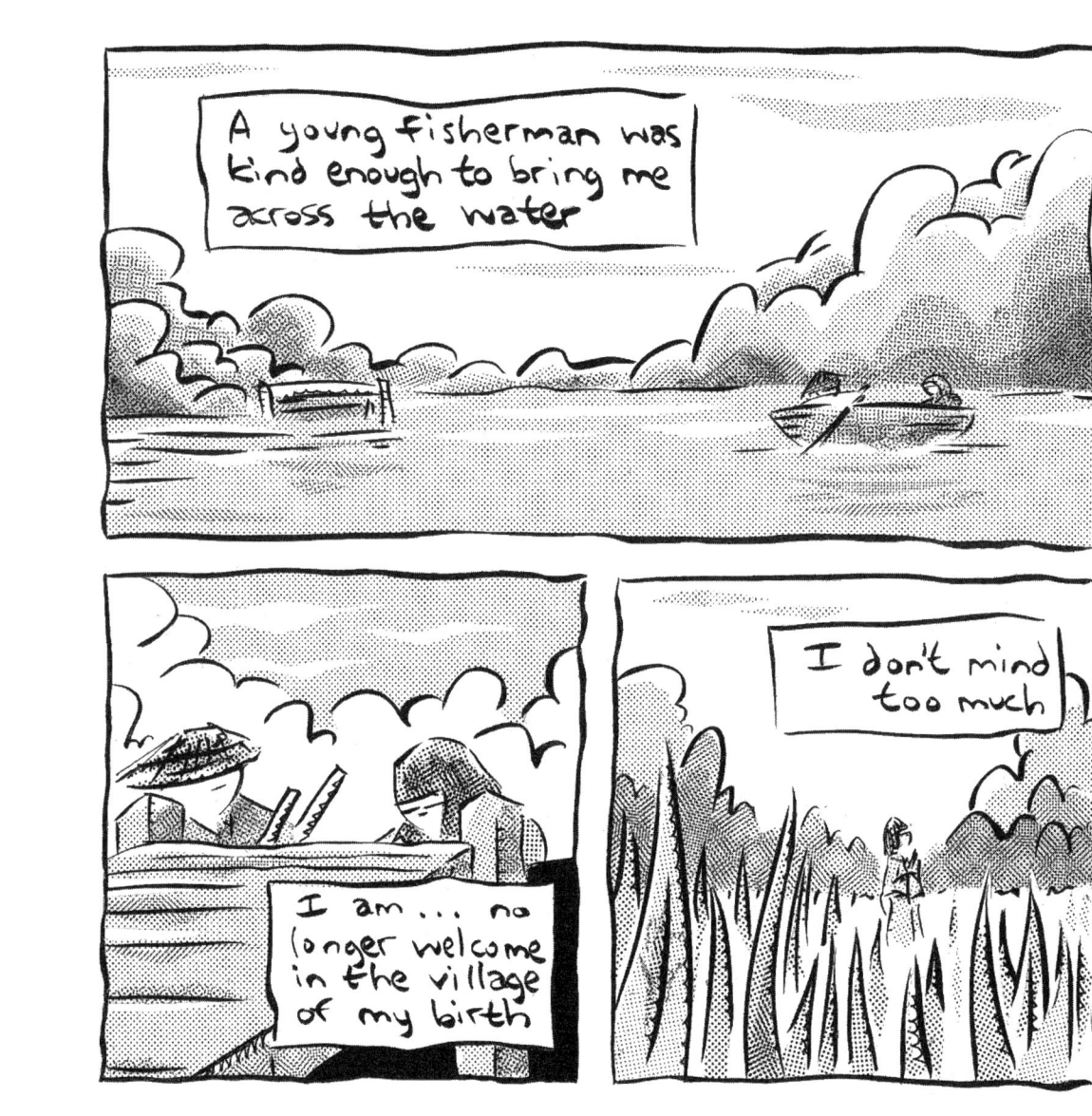

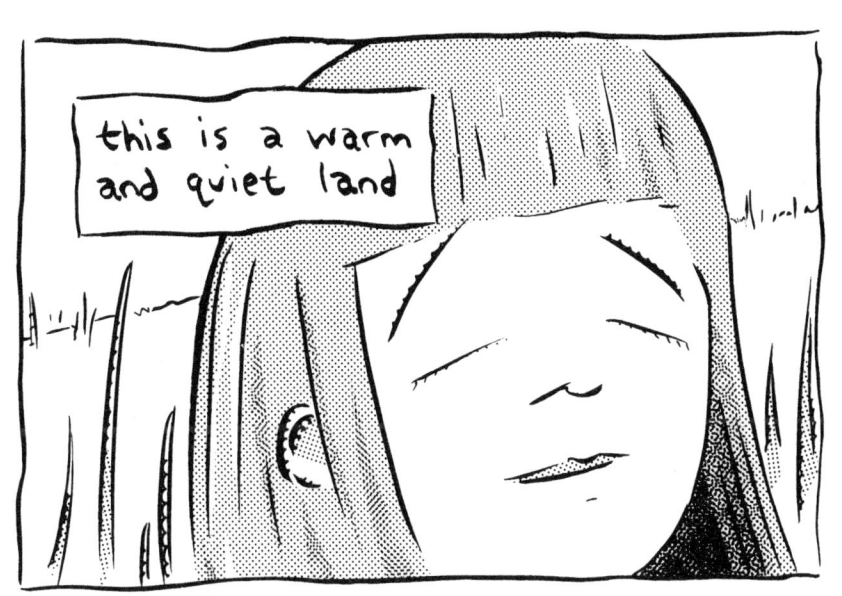
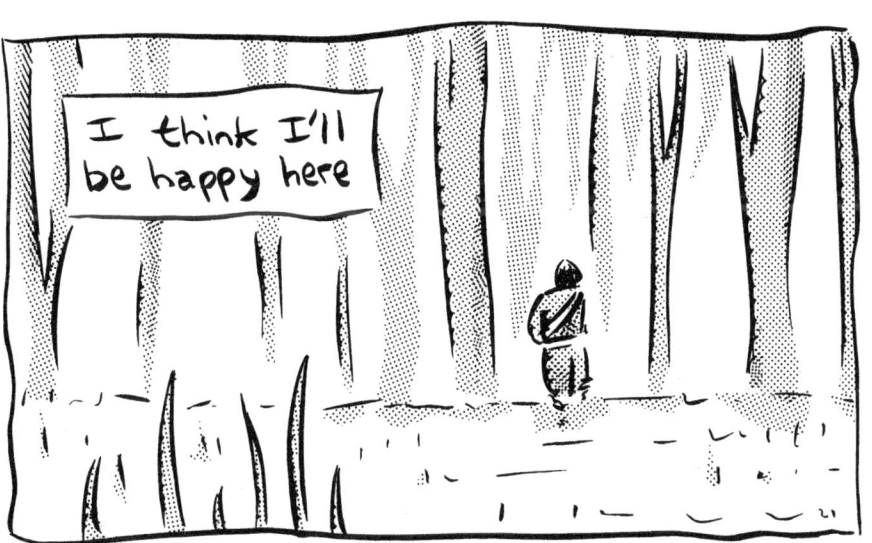

ここは、暖かくて静かな国だ。私は、ここならうまくやっていけそうだ。

hello?

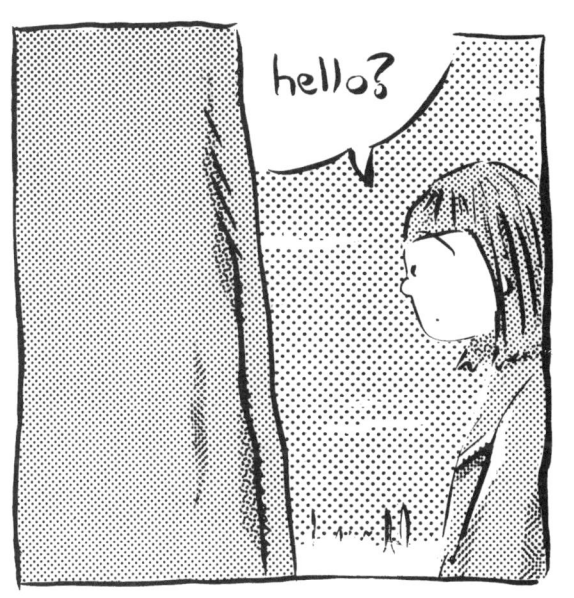

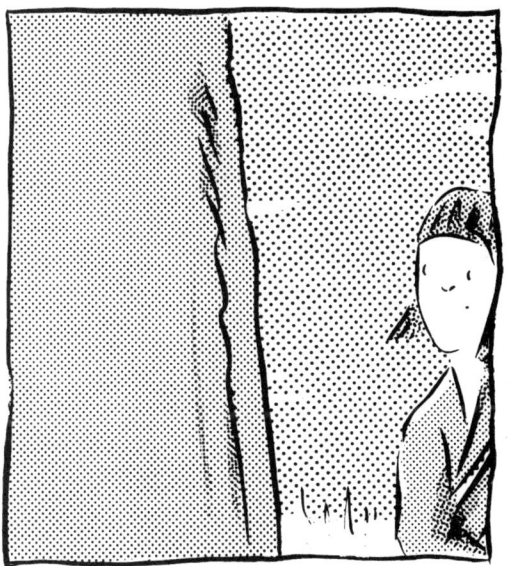

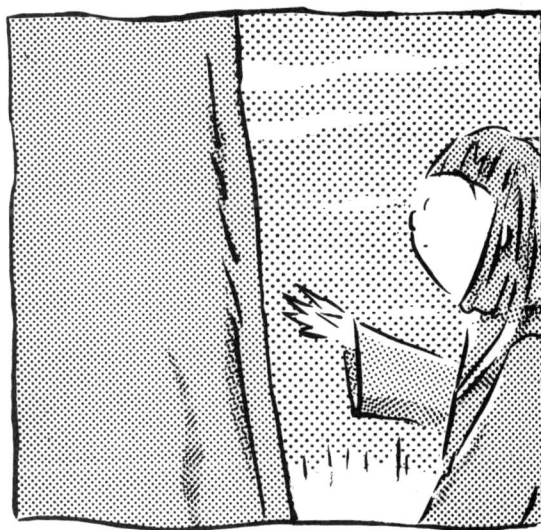

こんにちは！

あっちへ、行け！！！
うあぁーー！！！
お願いだから、あっちへ、行け！！！

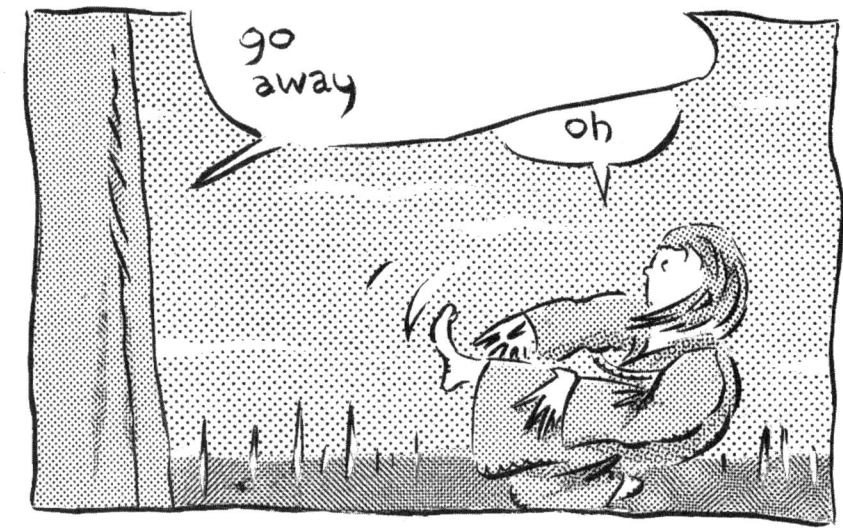
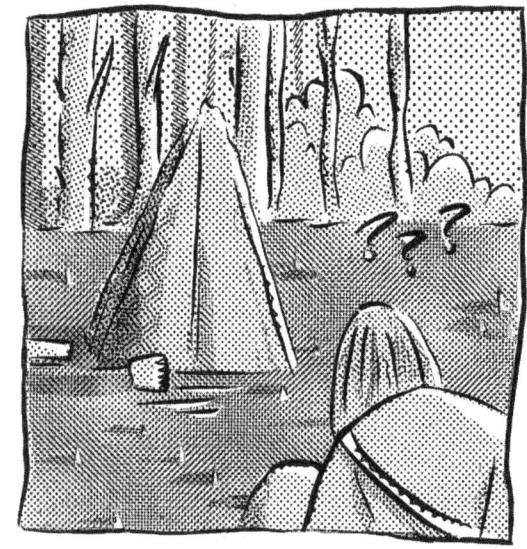
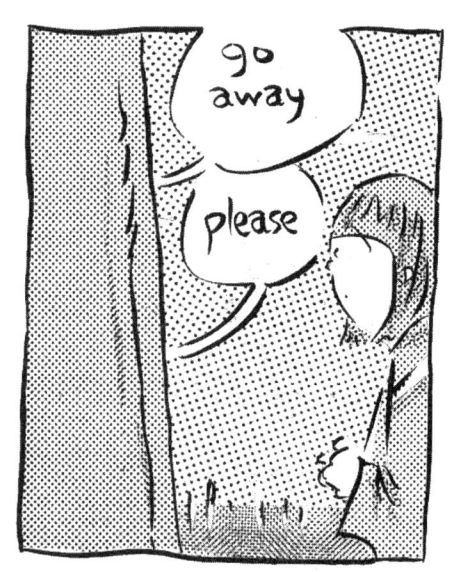

do you have any to spare?

貴方は、何か食べ物を持っていますか？

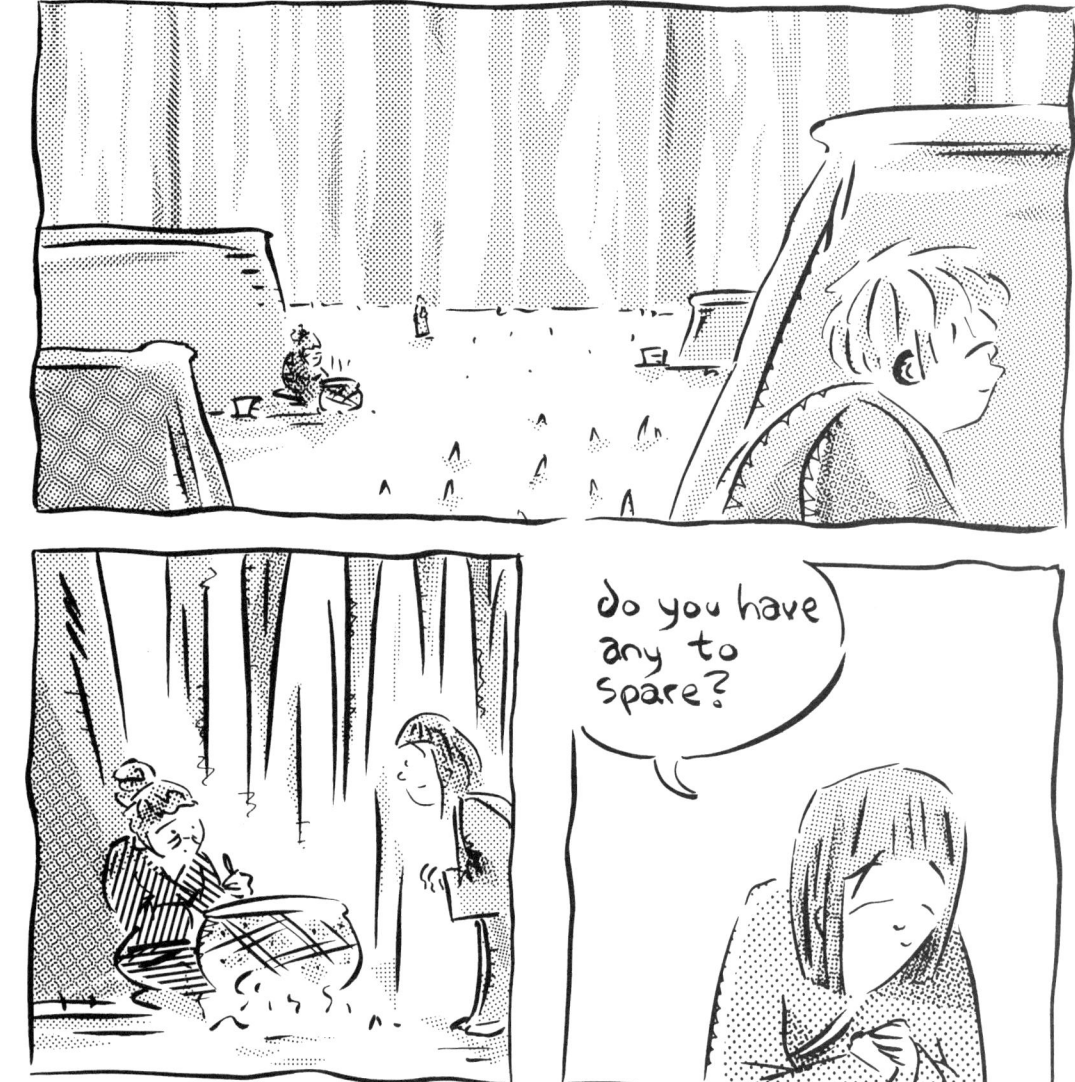

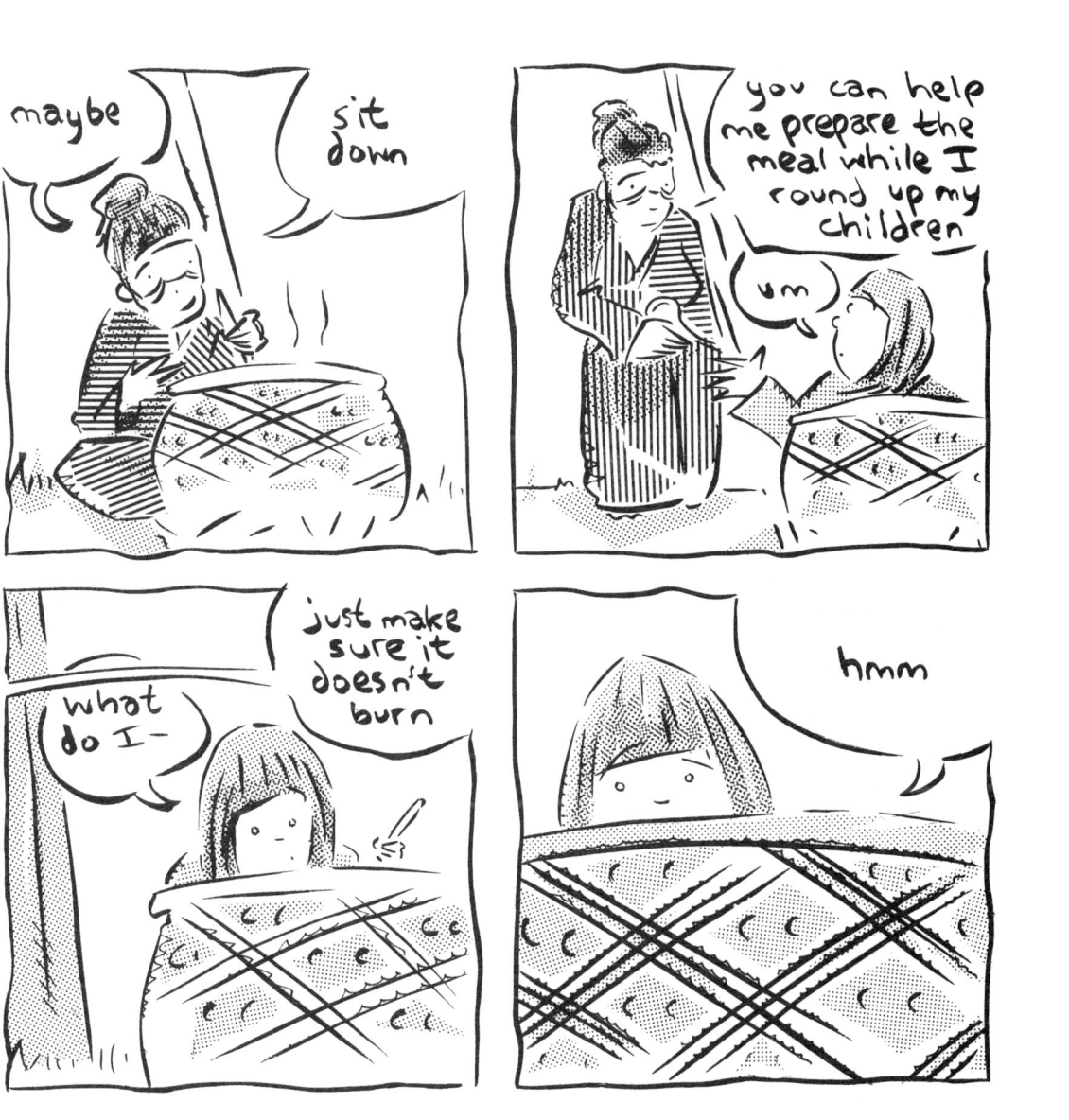

こぶんね。お座り。子供を集めている間、貴方は、食事の準備をしておいて下さい。うん、分かりました。私は、何をすれば良いの？ただ焦がさなければ良いのです。え～。

あなたはなんてきれいなポットなんでしょう。縞模様と水玉模様で出来ている。生まれた時からきれいだったの？ノハハ

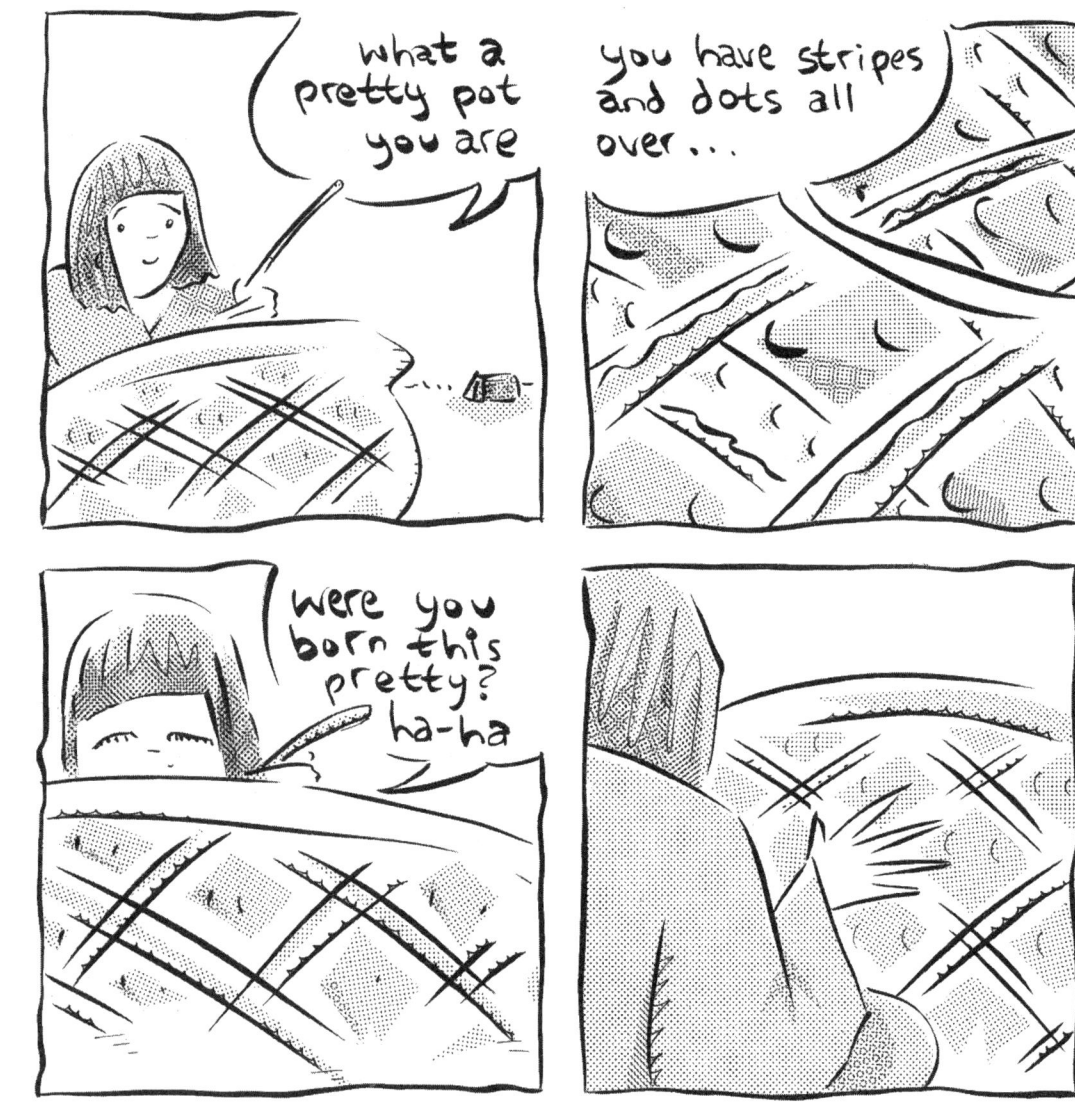

EEEEEE
Mommy, look
eh?
oh
my stew!

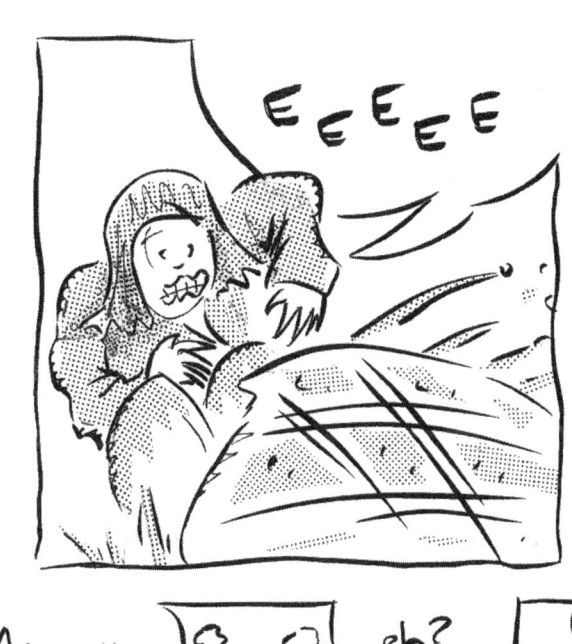

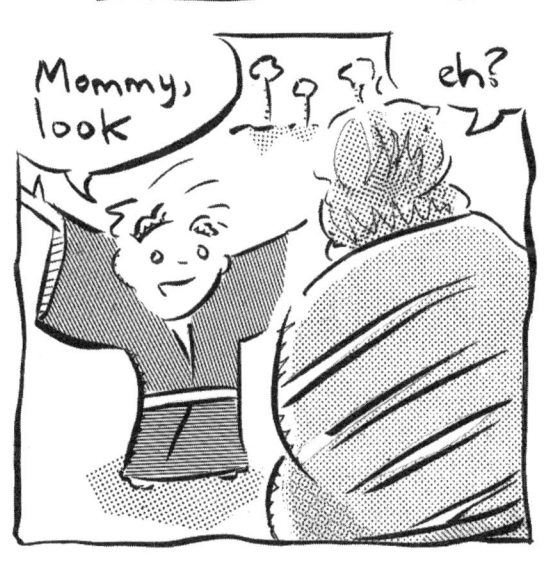

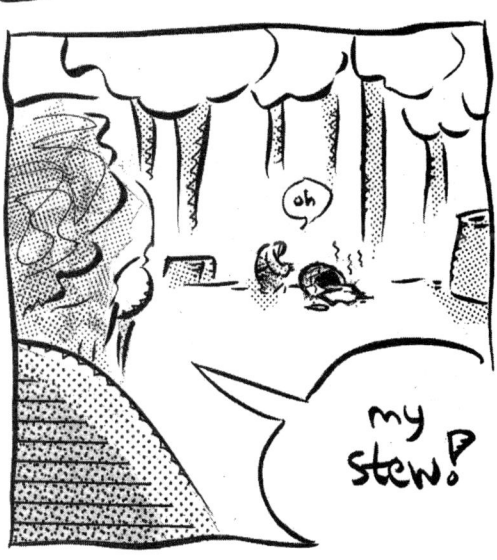

あー。ママ見て。エッ。
シチューが。

何したの？ごめんなさい。私...出ていきなさい。あなたは、すべてを台なしにした。出ていきなさい。でも私...出ていきなさい。

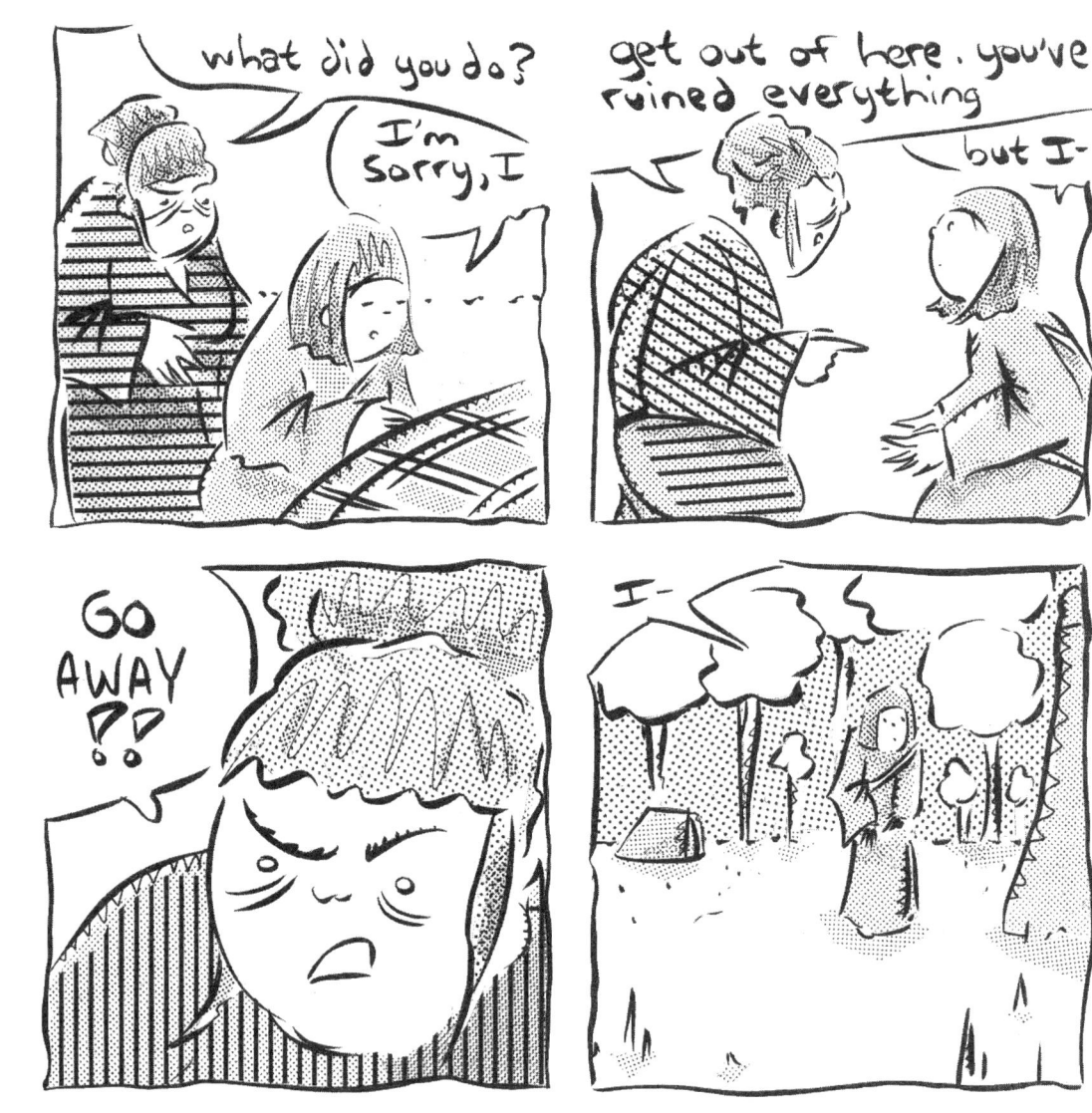

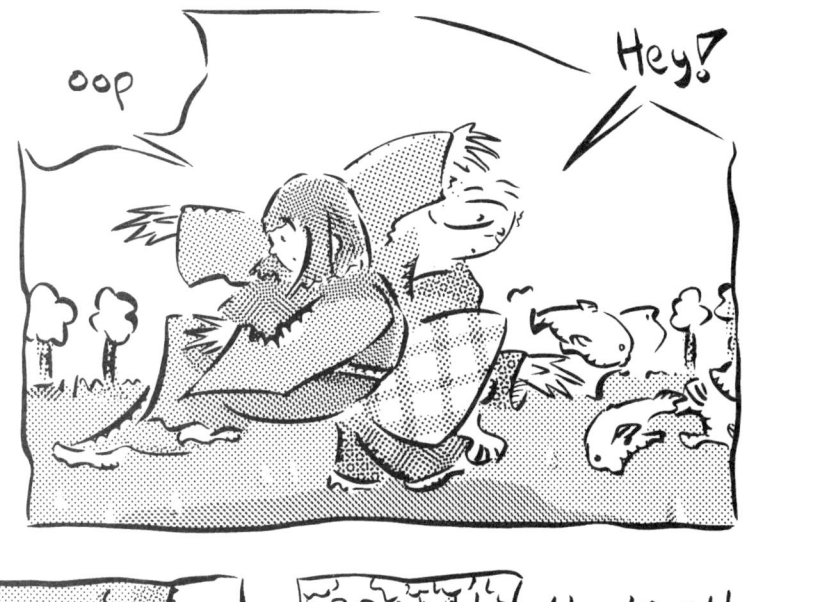
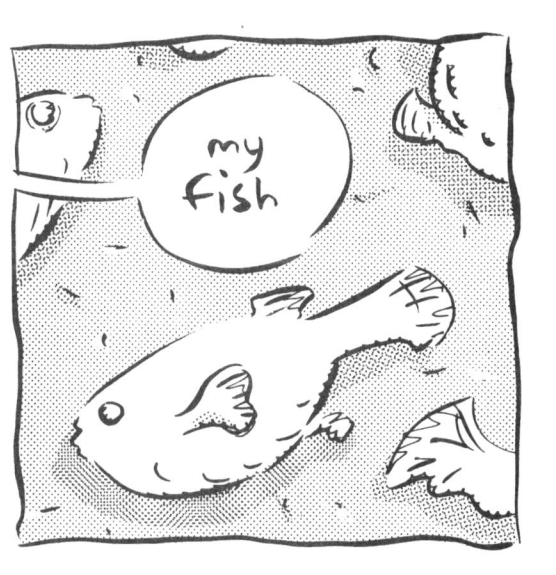
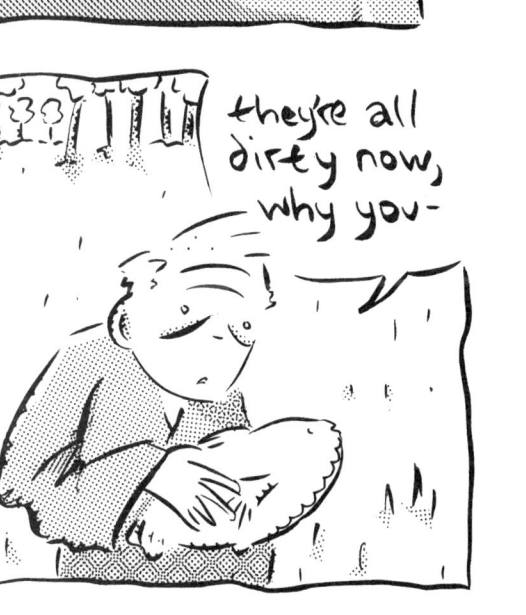

おっと、おい。すべて汚くなった。どうしよう。 俺の魚が......

気をつけろ。なにもしてないよ。ポットが……ちょっとそこのの女。彼女は私の食事を台なしにした。

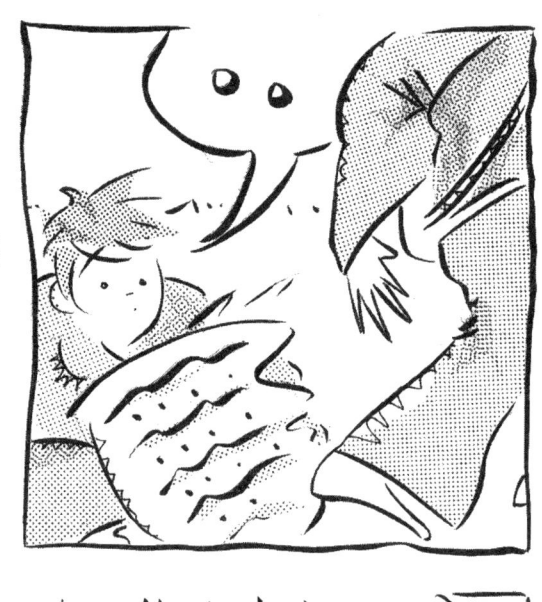
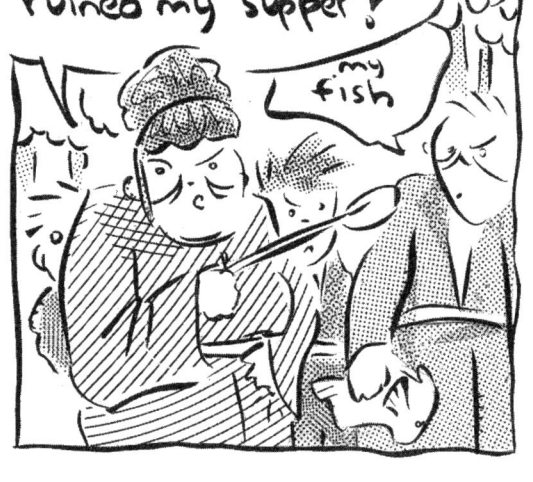

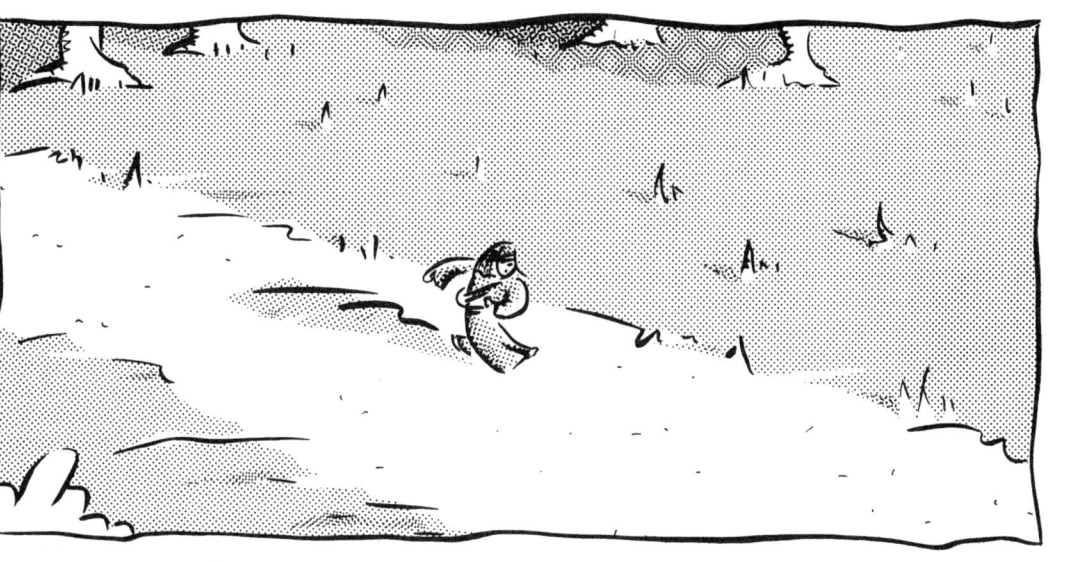
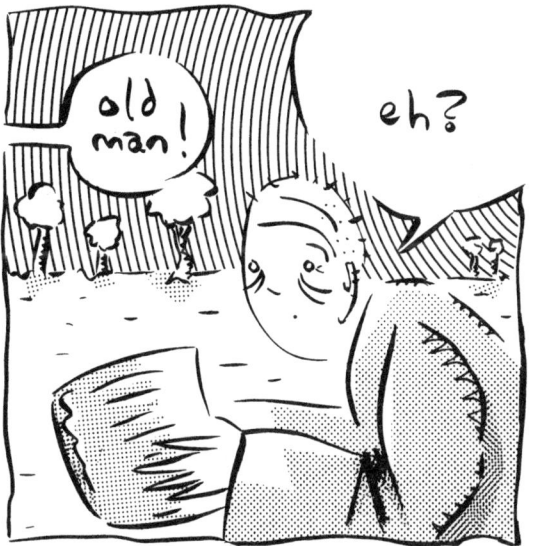
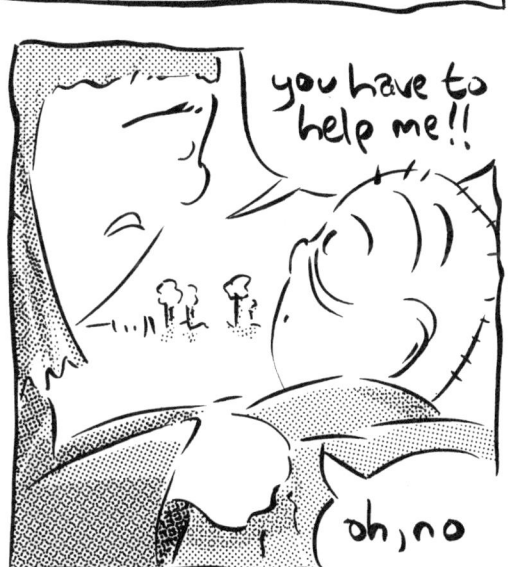
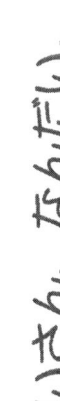

おじいさん、なんだい。 助けてちょうだい。無理じゃ。

わしはそんなことにはかかわりたくない。 でも〜。
ちょっと待って。わしは隠れたほうがいいと思うんだが。

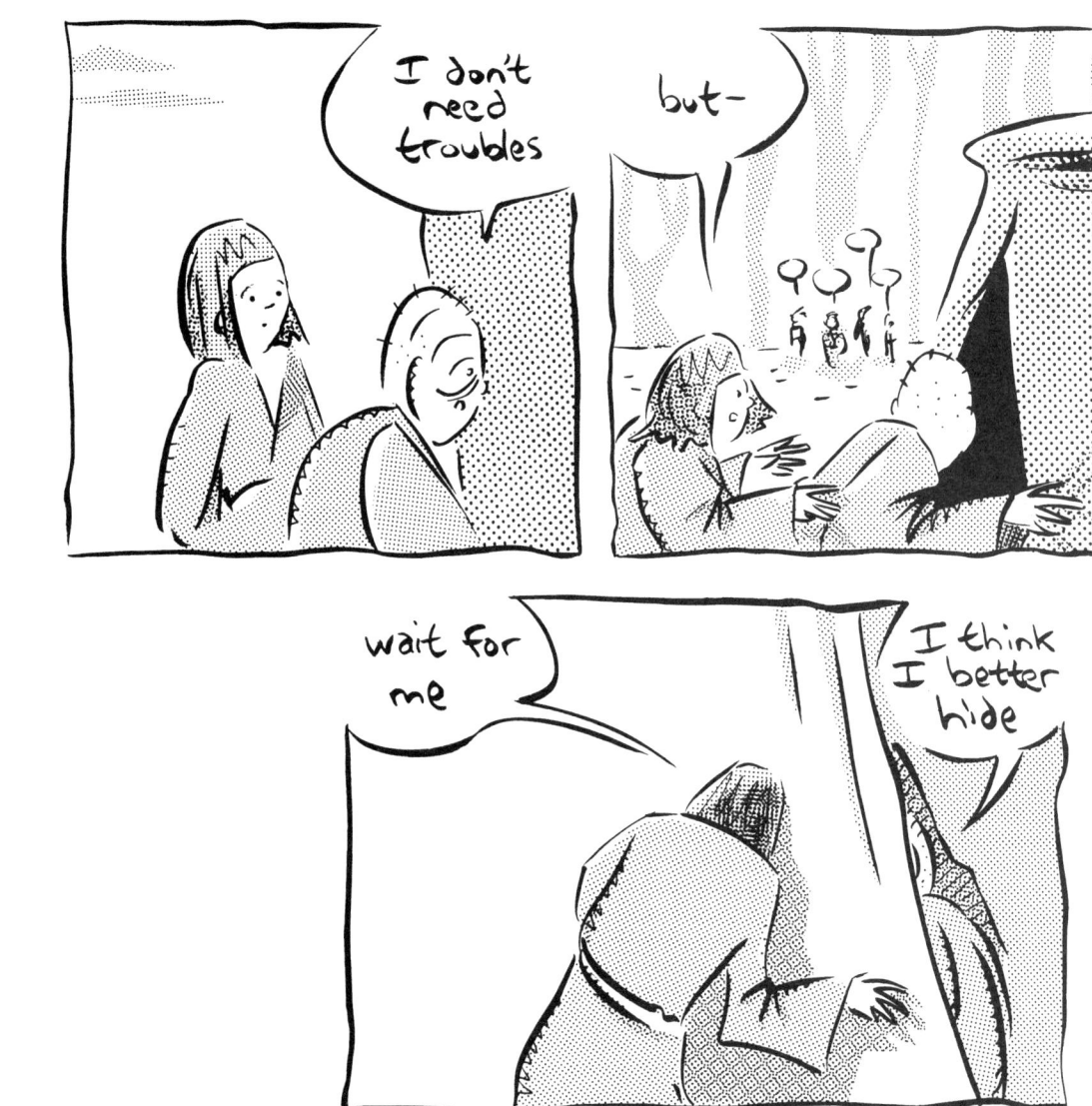

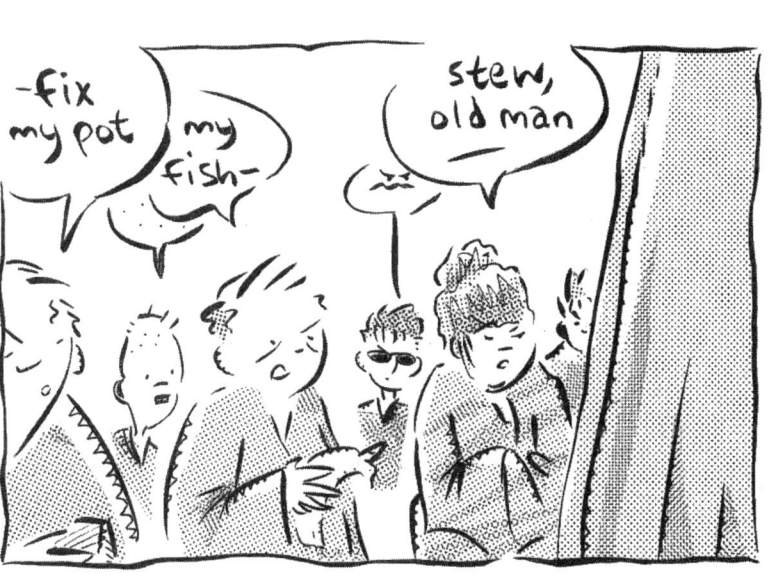
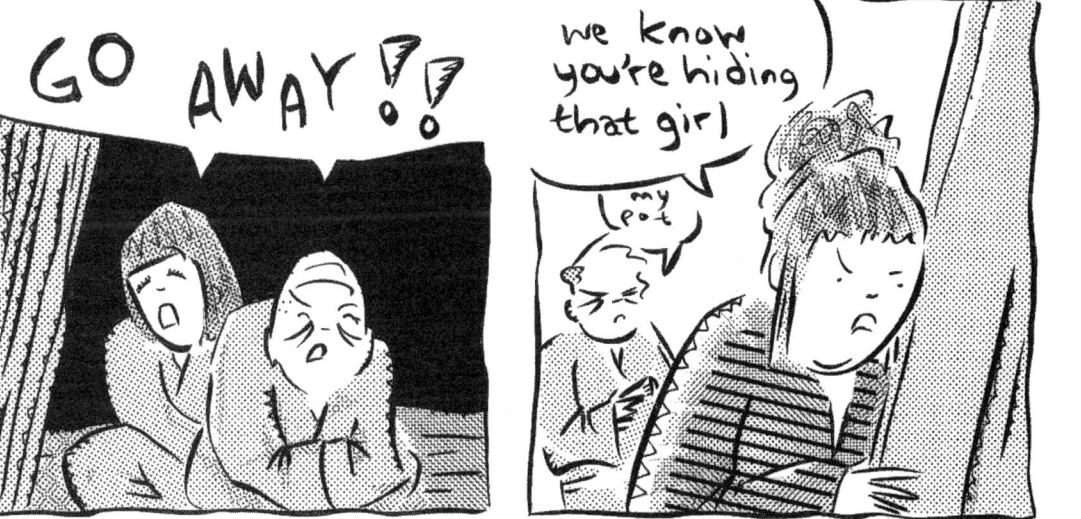

私のポットを元に戻してよ。私の魚を返してよ。どうしてくれるのよ〜おじいさん。
どこかへいってておくれ。
人達は、あなたが娘を隠していることはわかっているのよ。

まあまあ、ちょっと待っておくれ。これはおじいさんには関係ないことなの。まりなさい！もし、ここに娘がいたとしたら、ここは私の家じゃ。ここで、もめたくない。あなたたちは、彼女を困らせてはいけない。

"now, now just a minute"

"this is my home, and I don't want this trouble" "hm"

"this has nothing to do with you"

"I don't care, and even if there was a little girl in here, you have no business harassing her!"

mmmm
quiet, belly
AND STAY AWAY!
hm
yes

おいしそう〜　ぐー。（お腹が鳴る音）鳴らないで。　二度と来るな。

now, what do you have to say for yourself?
heh

ふー。さてと。 あなたが何をしたか言ってごらん。 はあ？

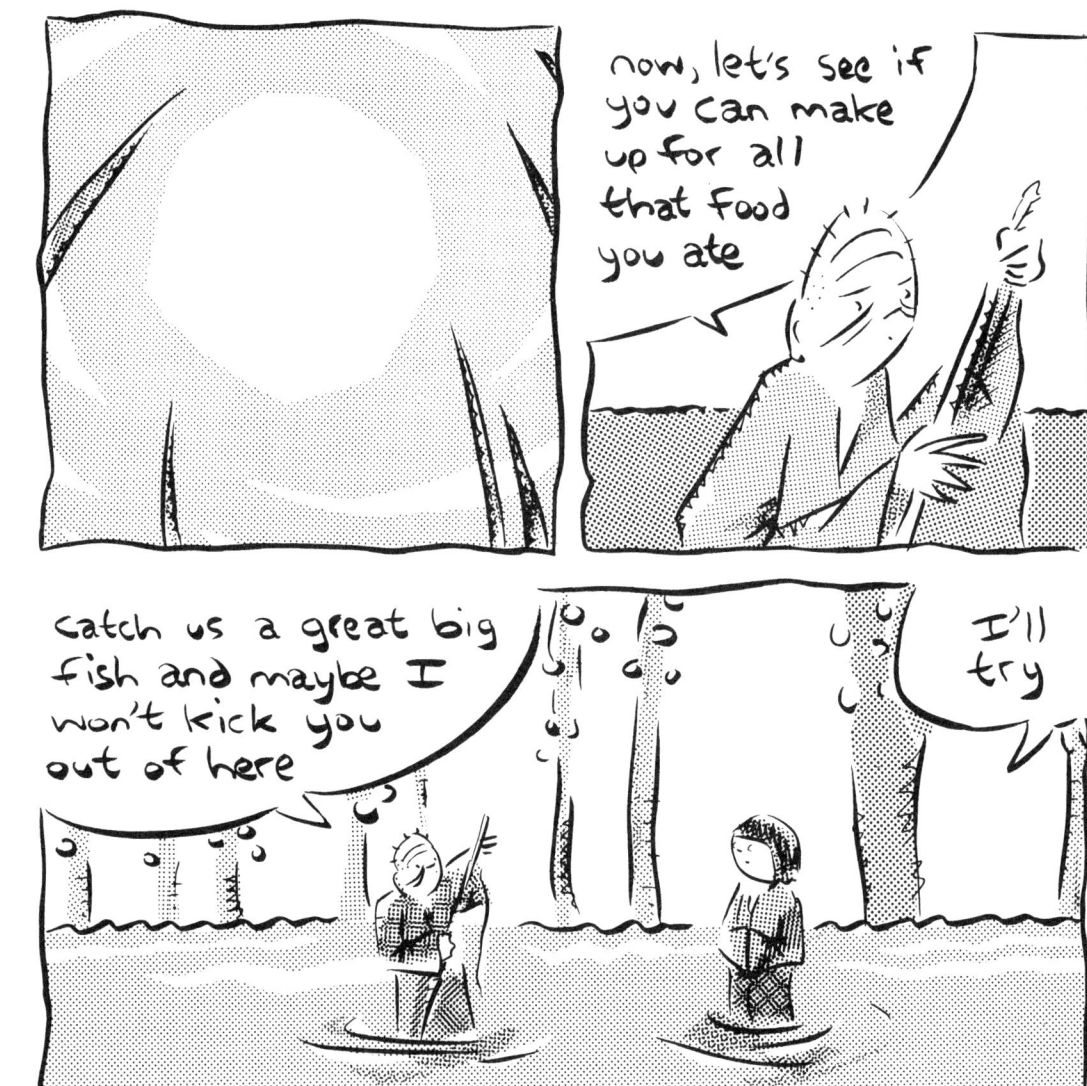

あなたが食べたぶんだけ働きなさい。私達は大きな魚を捕まえる。それができないのなら出ていきなさい。がんばります。

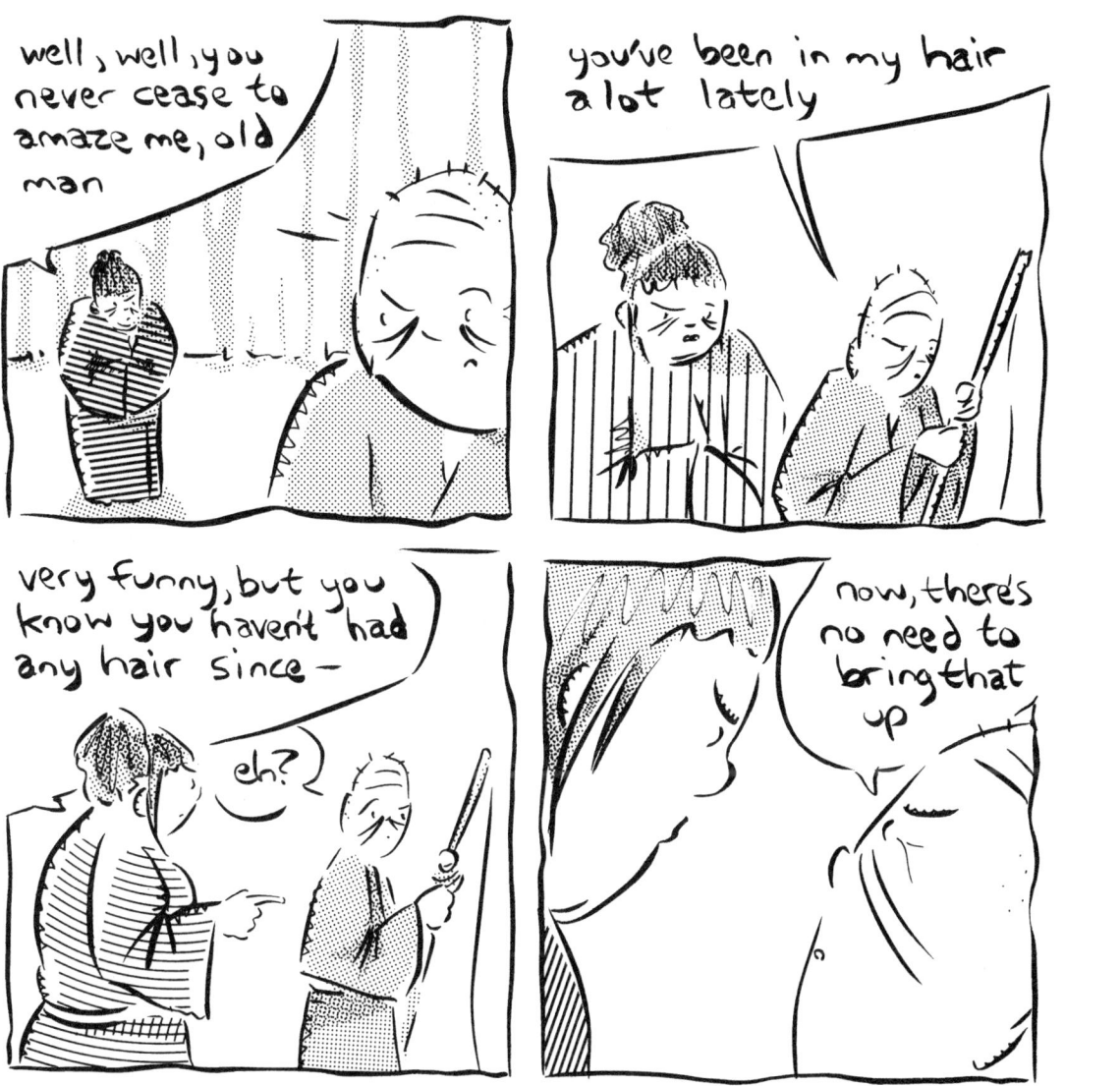

なにしてるの。おじいさん、私を驚かせるつもり？最近君はいつも私のことを干渉するね。そんな冗談を言うなんて。はぁ？今そんなことを言ってる場合じゃない。

いろんな嫌な事を忘れたい。
あなたが遠くへ行っても私は覚えていたい。
そんなことを気にせず魚を捕まえよう。
いったい何があったの？

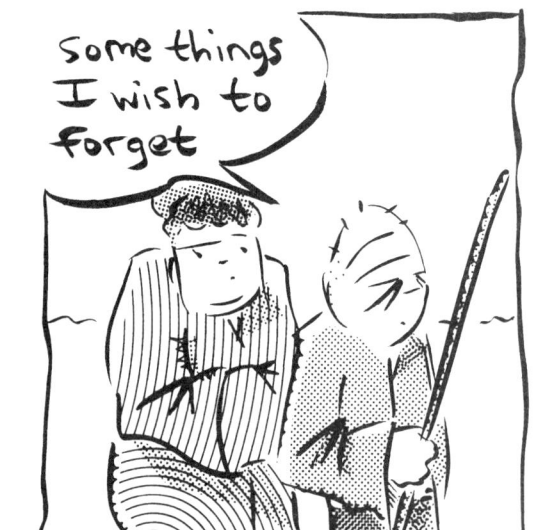
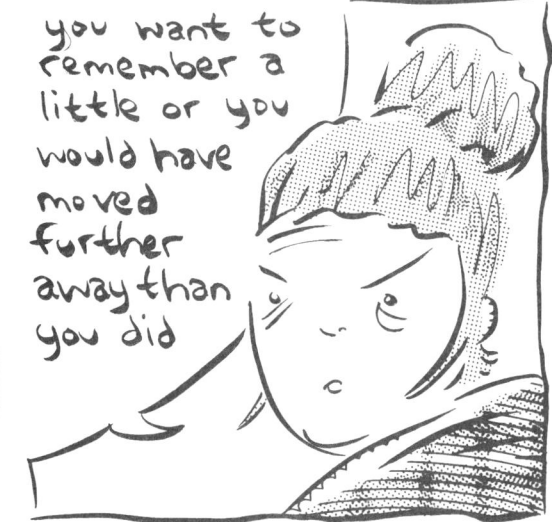
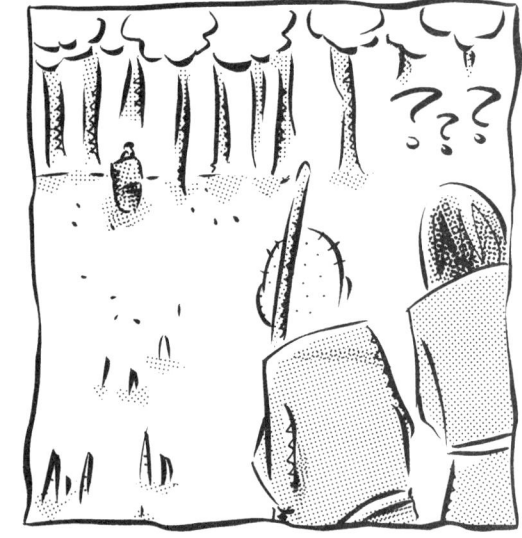
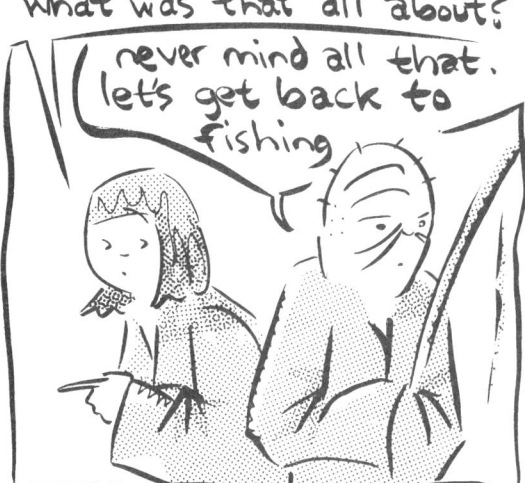

here you are
umm
okay
. . .
well?
well

さあこれだよ。 わかった。 どう？ どう？ どう？

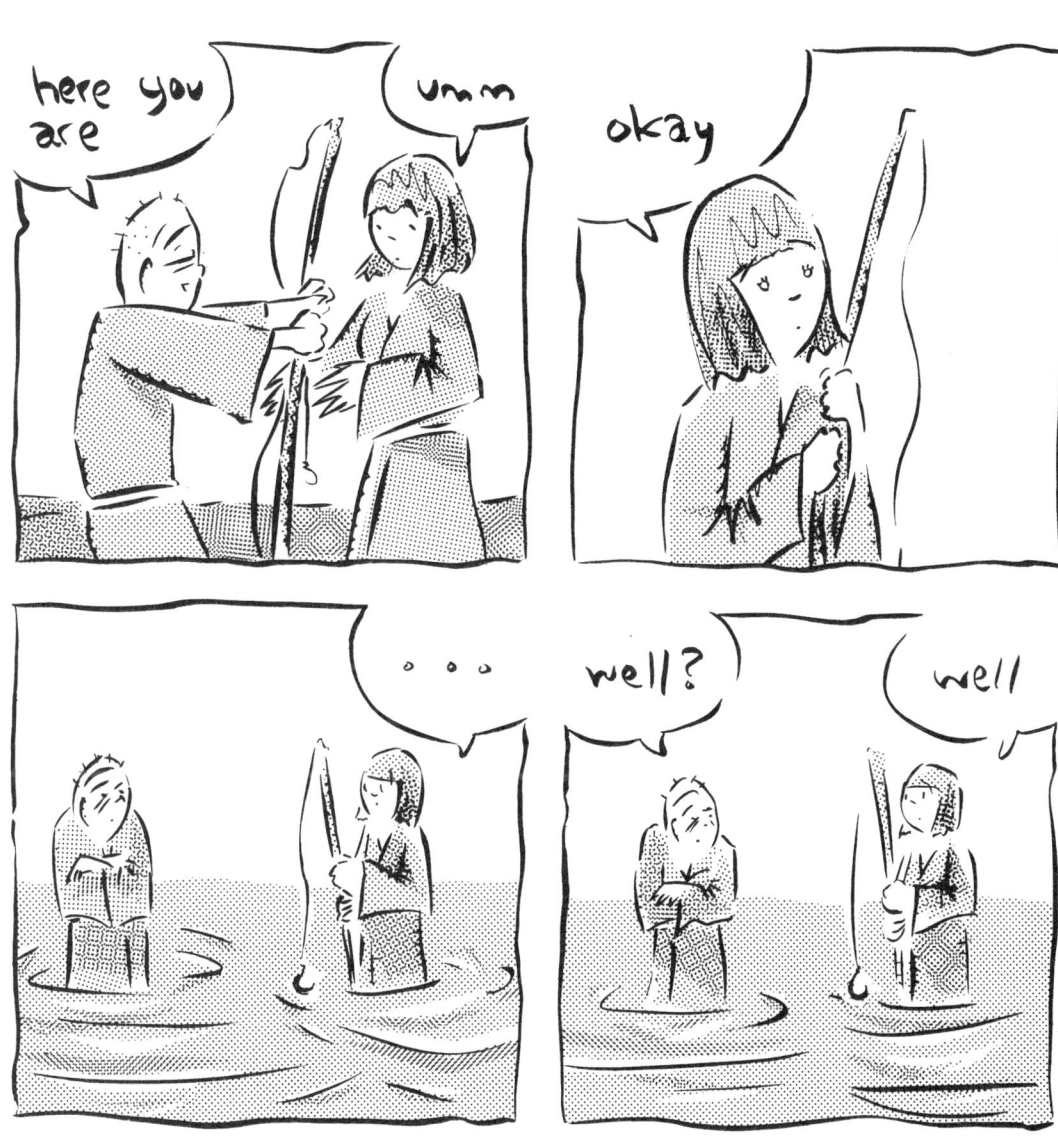

水のなかにそれを入れるんだよ。

わかったわ。

you might want to put it in the water
oh, right!?

Panel 1: "no, no, here I'll talk you through it"

Panel 2: "take the stick part and let the reel hang loosely"

Panel 3: "good. now swing it back over your head"

Panel 4: "and swing the line out as far as you can"

いやいや、わしが教えてやろう。釣竿を持って釣糸を放しなさい。頭の後ろに降りなさい。できるだけ遠くに釣竿を振るんだ。

okay
WAIT!
???
one more thing...
???
when you throw out the line, don't let go of the rod

かった。　待て。　もう一つ。
釣竿を投げたときにそれを放してはいけないよ。

"oh, okay"

"well, here I go..."

"unh"

うーん。さぁやってみるか。やってみるしかない、あぁ

待て!

STOP!
wuh?

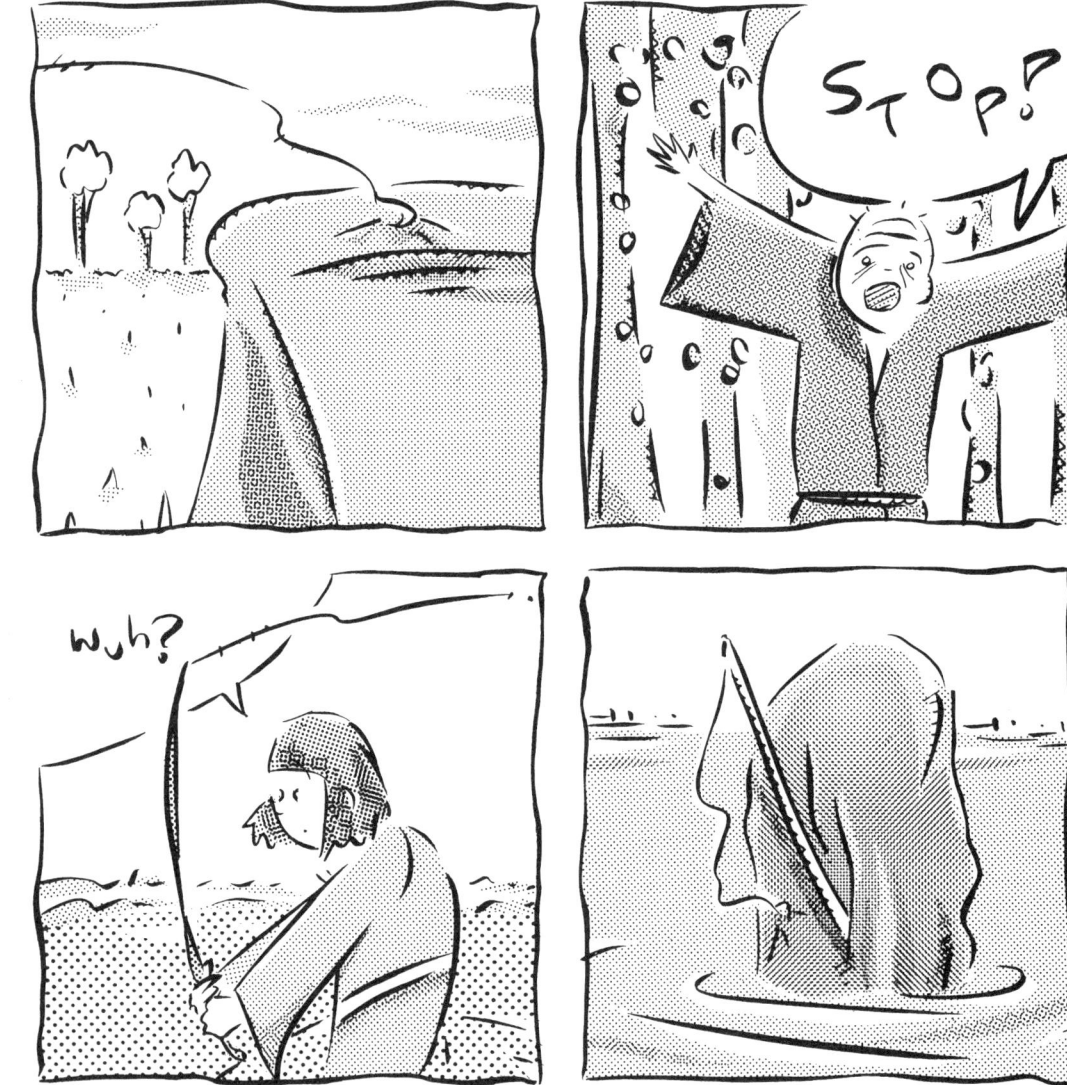

今日はご飯だけだ。 ごめんね。 気にするな。 大丈夫だ。 うん。

私は下手ね。みんな時には下手だよ。ご飯を食べよう。おじょうさん、あなたの名前は何だ？

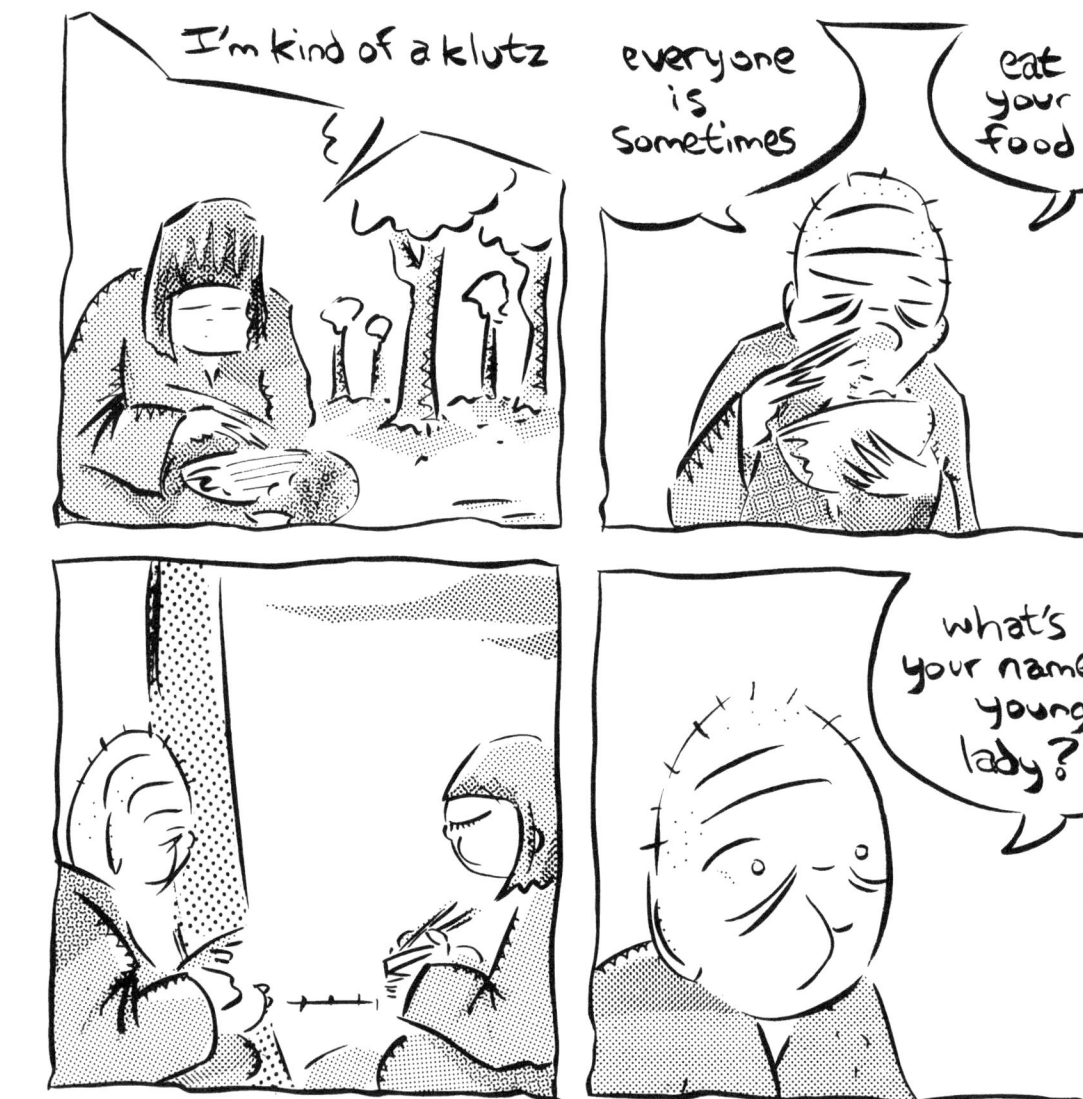

Panel 1: Sun Kim, what is your name?

Panel 2: Kokoro / isn't? / yes

Panel 3: mind, self / soul

Panel 4: but these are just words to me

サン・キム。あなたの名前は？ 心じゃ。ほんと？ ああ。気持ち、自身、精神。しかしこれらは心の本当の意味ではない。

私は単純な男だ。 モグモグ。 ムシャムシャ。 彼女の名前はメイ、ものすごくきれいじゃった
前に奥さんはいたの？ かつてな。 よ。

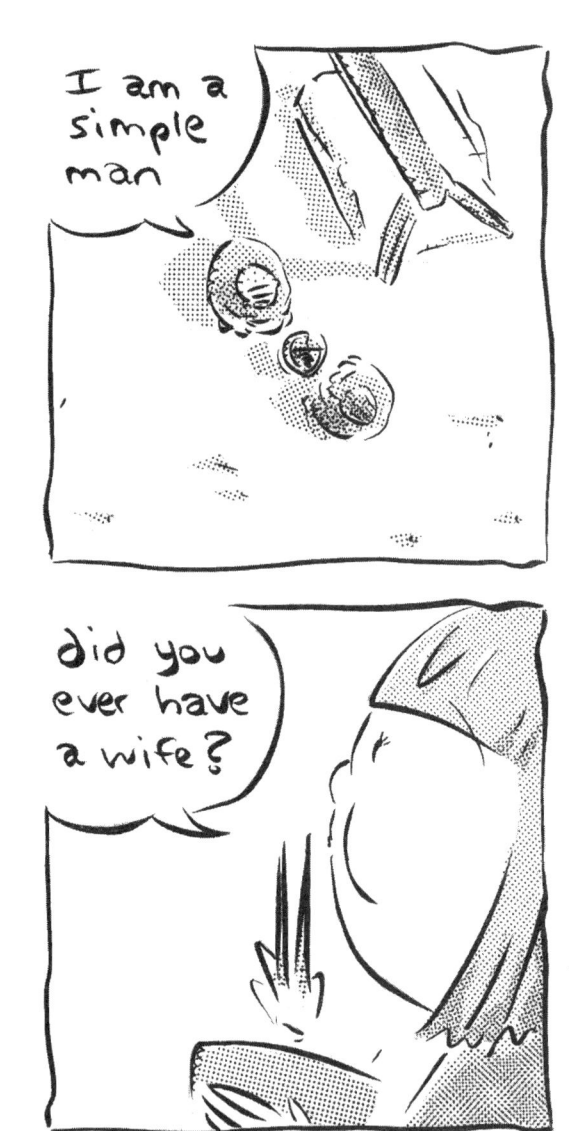
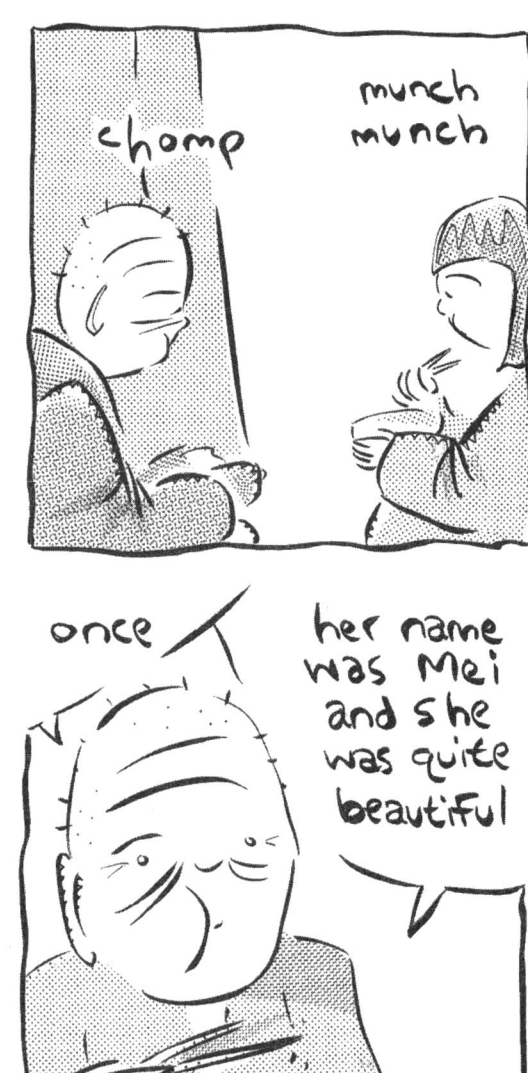

Panel 1: "she was killed / lost in a storm"

Panel 2: "oh"

Panel 3: "will you ever marry again?"

Panel 4: PPPHHFF

彼女は殺された。嵐に巻き込まれた。まあ。あなたはもう一度結婚するの？ぶははっ！ここ！

お嬢さん。私がお爺さんと結婚できるか。私はよい奥さんになるわ。いろんなことであなたを助けることができるか。ああ、でもおまえさんはかわいい女の子だがわしは老人だ。そのようなことはわしの遠い昔のことだ。けれどあなたはとってもハンサムな老人だわ。おまえさんが女性になったとき、わしはより年老いているだろう。

"young lady—"

"I could marry you"

"I'd be a good wife. I could help you with things"

"well, you're a sweet girl, but I'm an old man, and that sort of thing is long behind me"

"but you're a handsome old man"

"maybe when you're older. when you're a woman"

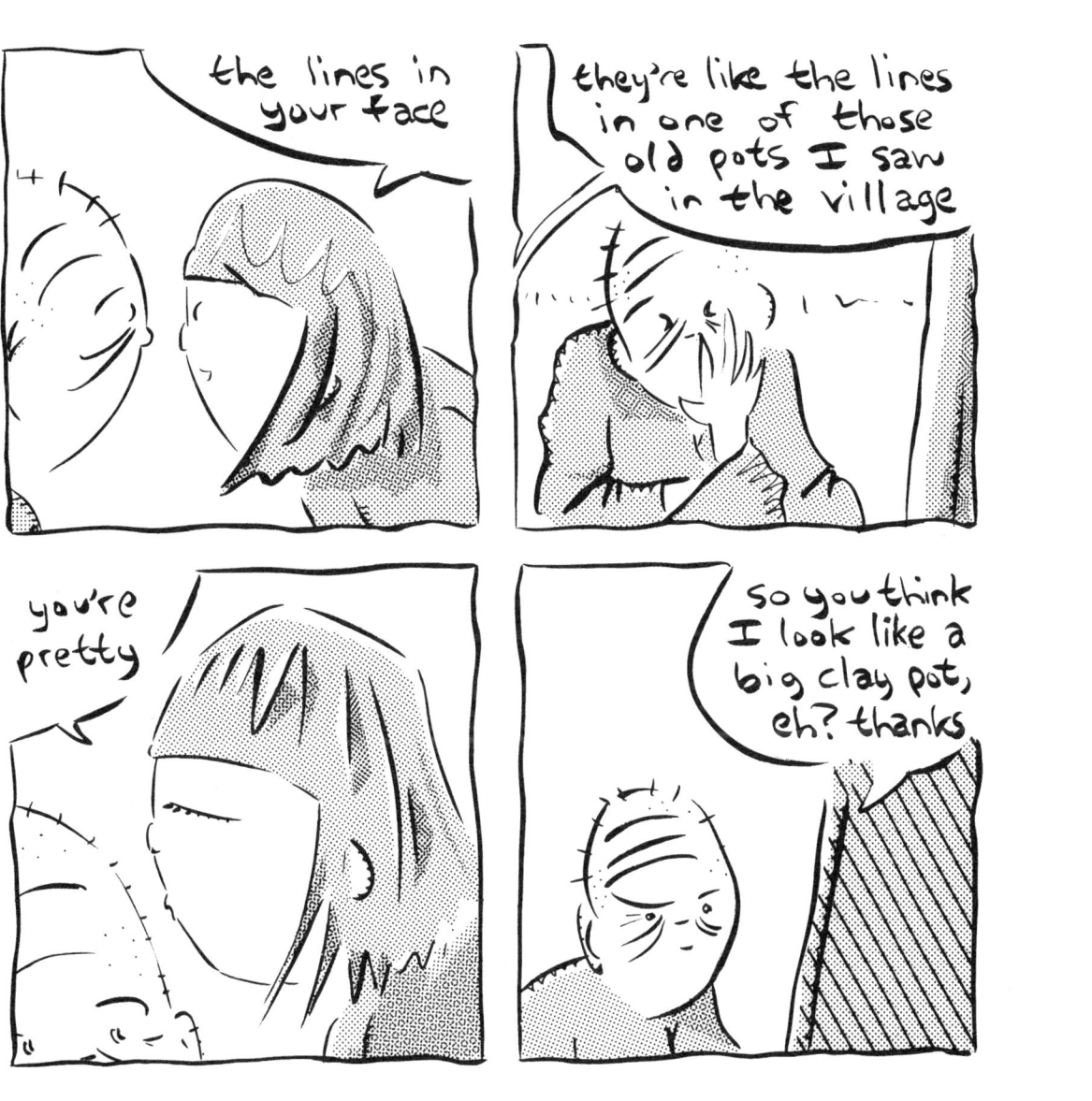

顔にしわが。それらは私が村で見た古い土器の一つにあった線のようだわ。あなたはとってもかわいいわ。おまえさんはわしを大きな土器をみているかのように思うだろう？どうじゃ？

わしはおまえさんが大きな土器だと思う。おまえさんは食べてばかりでどうやって食べ物をためているのかと思うよ。どこに食料を隠しているんだ？胃ではないのか？ひゃー。うん？うん？はは。くすぐったいわ。

Panel 1:
I think you are the big clay pot. that's how you store all that food in you

Panel 2:
where do you hide all that food?
hey!
not in your belly
poke

Panel 3:
hmm? hmm? ha-ha
poke poke
that tickles

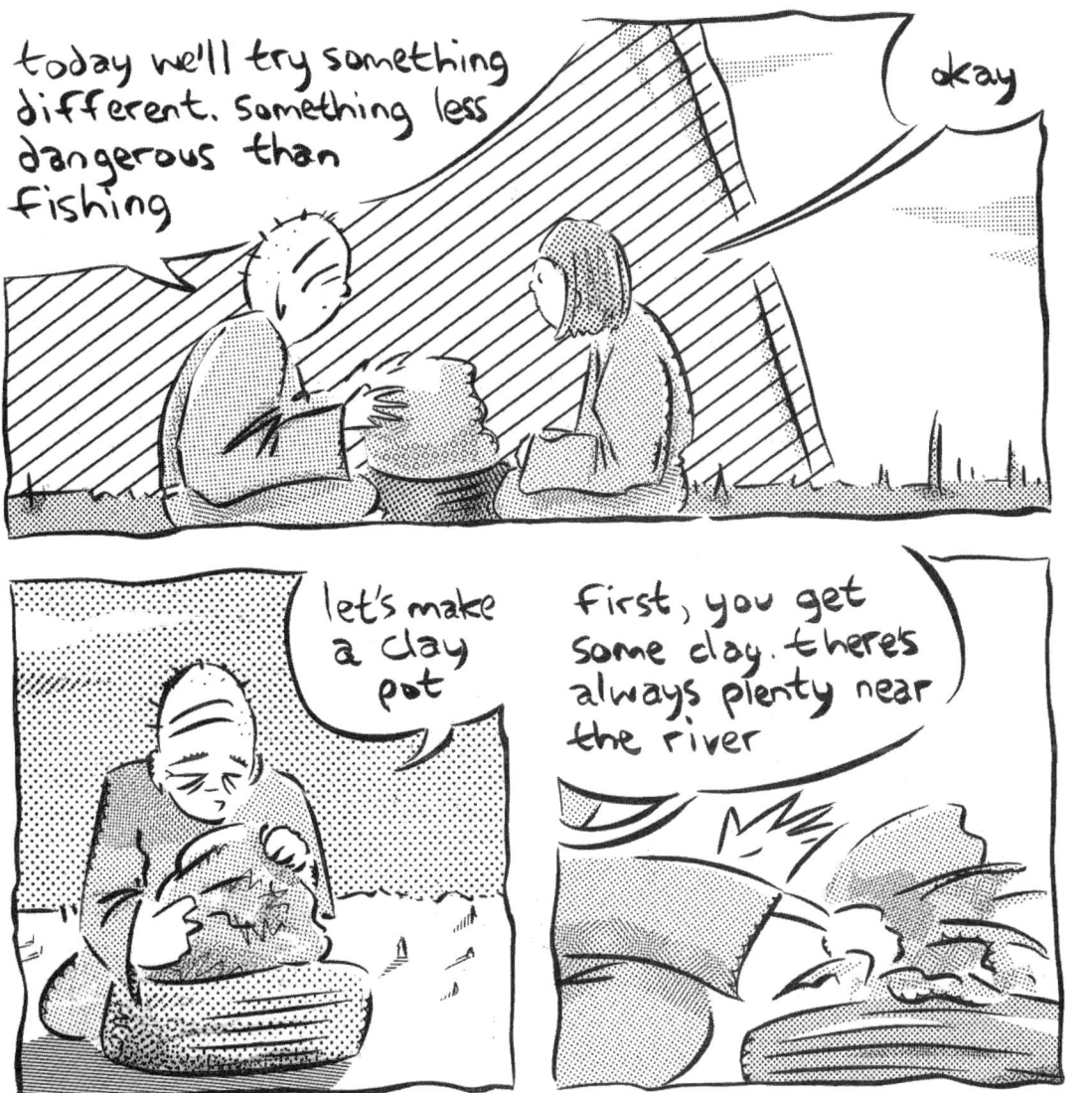

今日、我々は難しいことを試みた。そのことは、少なくとも釣りより危険ではない。わかってる。土器を作りましょう。最初に、いくらかの粘土を手にいれなさい。それらは川の近くにたくさんある。

now we shape it a bit
close to the shape of a pot
then we spin this wheel around as fast as we can
oo
and while it's spinning, shape it some more

さあ、少しそれを形作ろう。　器の形に似せて。　それからできるだけはやく回転させて。　そしてそれを回しているあいだにもっと形を作る。

spin
and shape
and spin
and shape

回転、それから形、そして回転、そして形。

できた！さあ、おまえさんもやってみるんじゃ。わかった。最初に形を作って。それからそれをくるる回して。

there!	now you try
okay. first I shape it some	then I spin it around / good

"um"

"and shape"

spin spin spin

回転、回転、回転。それから形。うん。

つからない。私は村で孤児だった。いつからか私の両親は死んでしまった。それから私がどうしたか。それは事故だった。

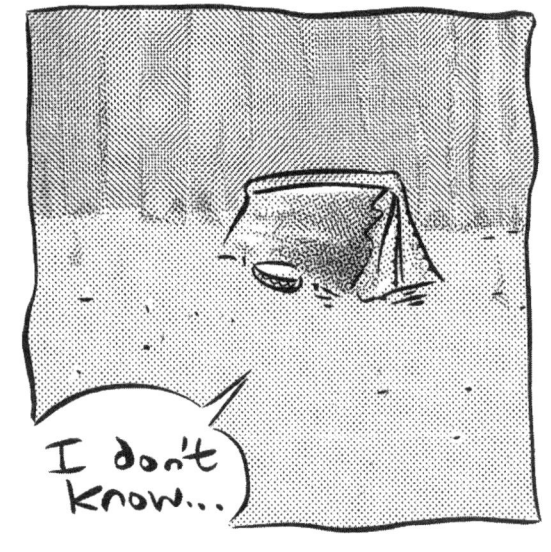
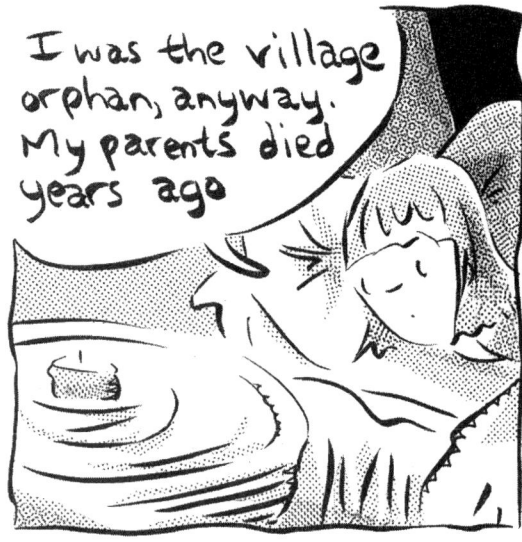
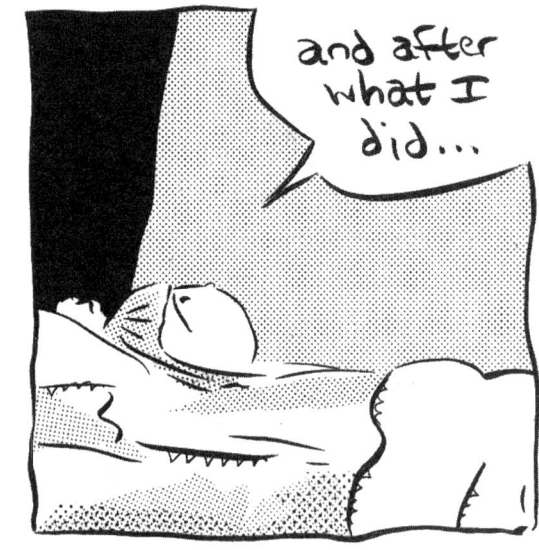
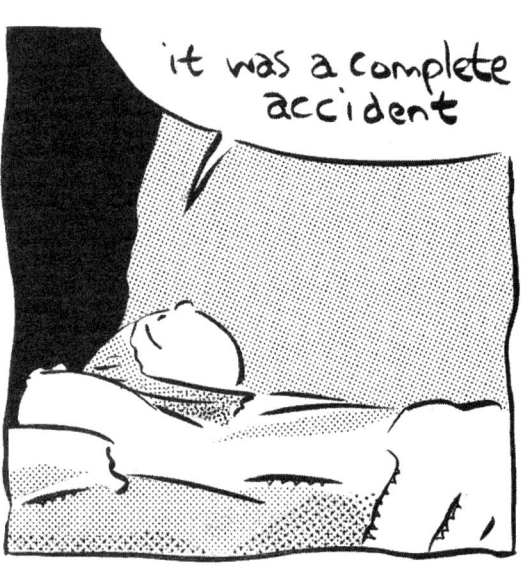

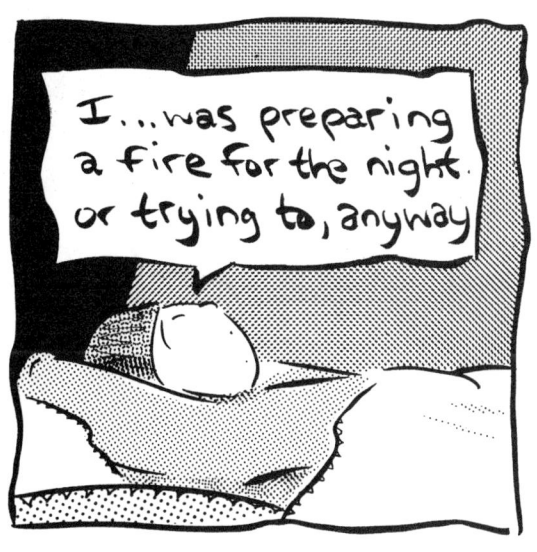

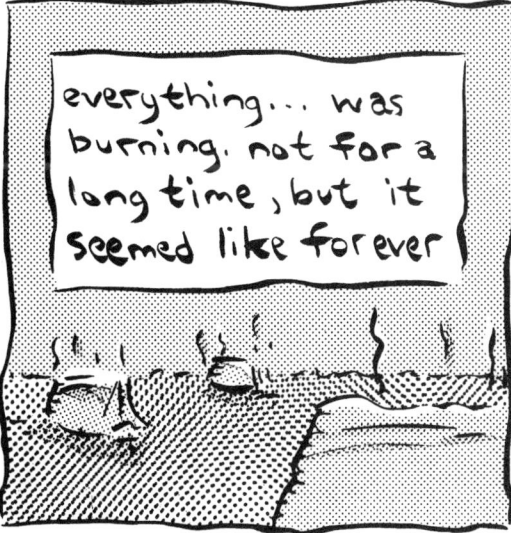
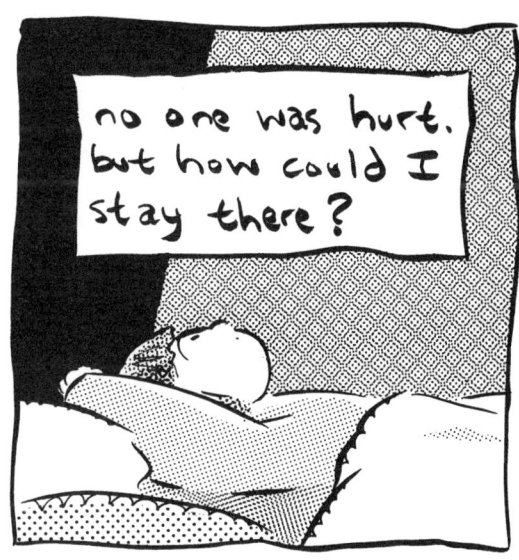

私は夜に備えて火をおこしていたの。すでに日がくれて闇だったから私が何をしていたかわからない。すべてが燃えていたわ。そんなになかい時間ではなかっただけど、永遠に続くかのように思ったわ。だれも傷つかなかっただけど、そこにいられると思う？

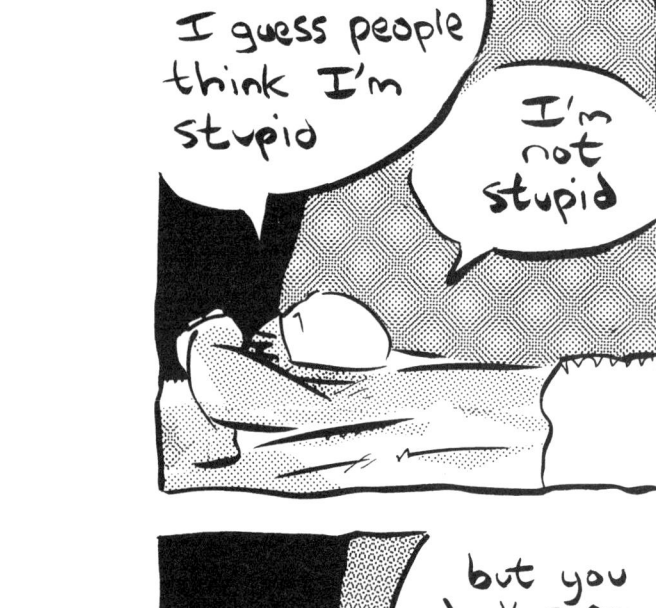
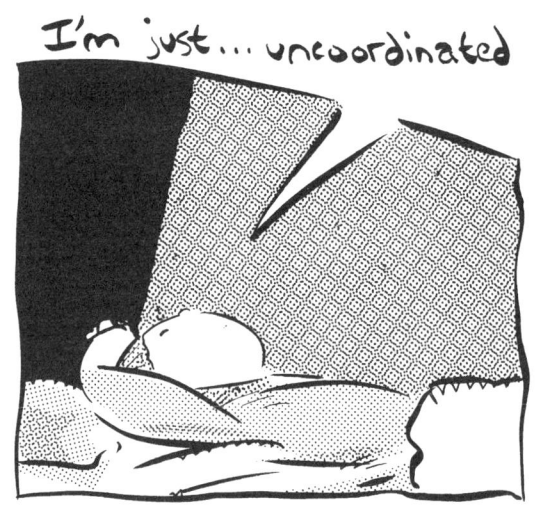
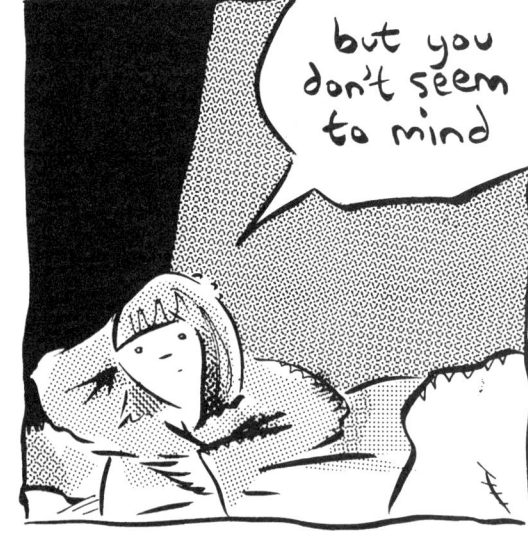
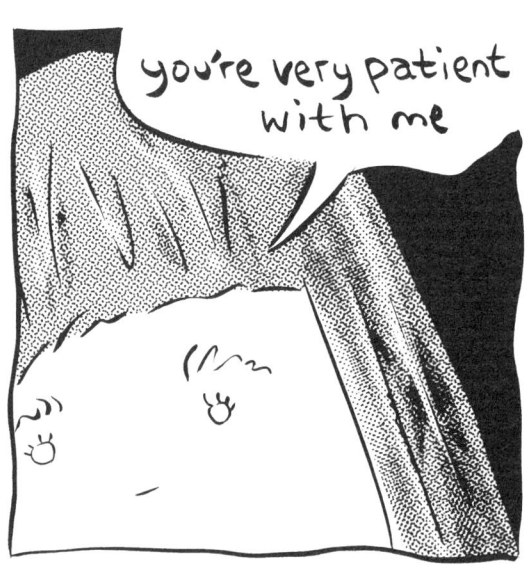

私は思うの、人々は私をばかだと思ってる。私はばかじゃない。でも私はばかじゃない。私はそんなにばかじゃない。あなたは私にとてもがまん強いわ。

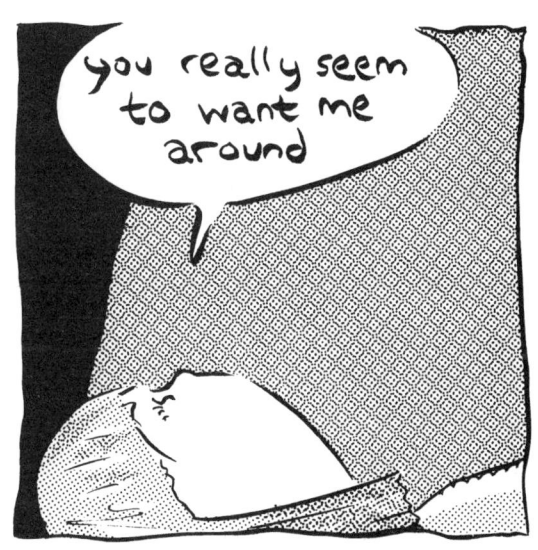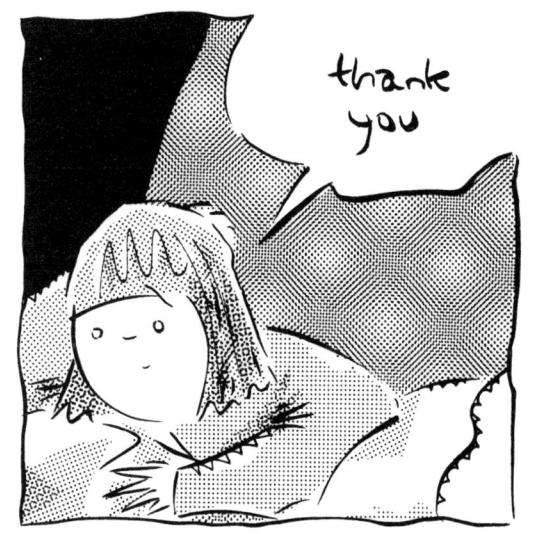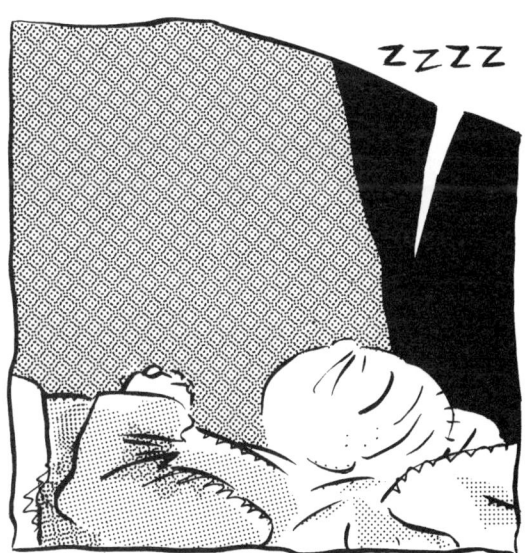

あなたはほんとうに私に近くにいてほしいようね。ありがとう。ぐーぐー。

人々は魚や米だけでは生活できない。だから私たちは木の実や果実をさがすの？いや、きょうは卵を探そう。ああ、でも鳥の卵を食べなくちゃいけないの？

"people can't live only on fish and rice"

"So we're looking for nuts and berries?"

"not today"

"today we look for eggs"

"oo, but do we have to eat bird eggs?"

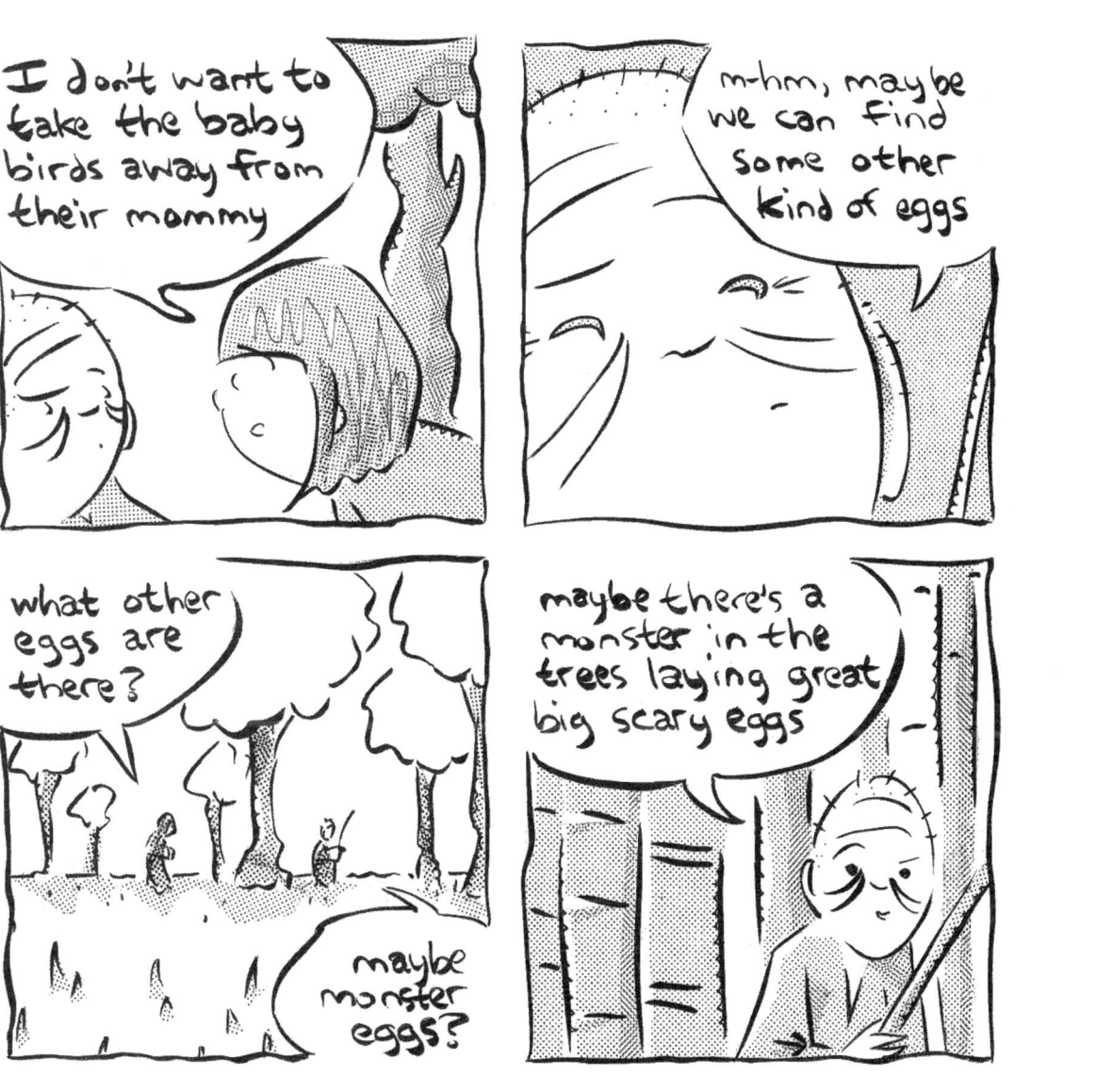

う〜ん。きっと我々は数個の他の種類の卵を見つけられるだろう。 私は親鳥から離れた雛鳥たちを捕まえたくないわ。

おそらく非常に大きな気味の悪い卵が横たわっている木には怪物がいるだろう。 他の卵って何がある？ たぶん怪物の卵かな？

そんな恐ろしいことを言わないで。 しーっ。みてごらん。

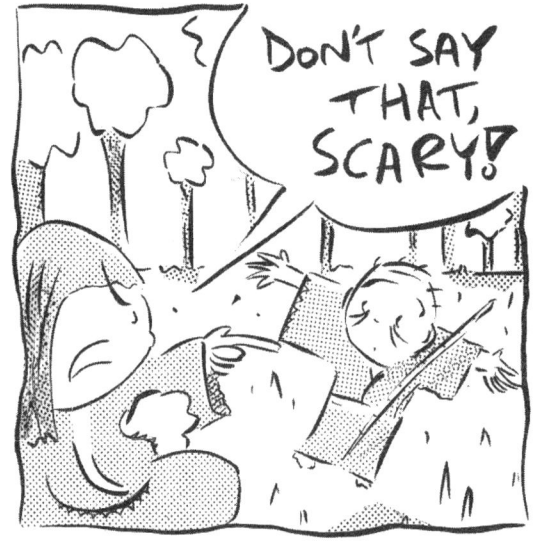
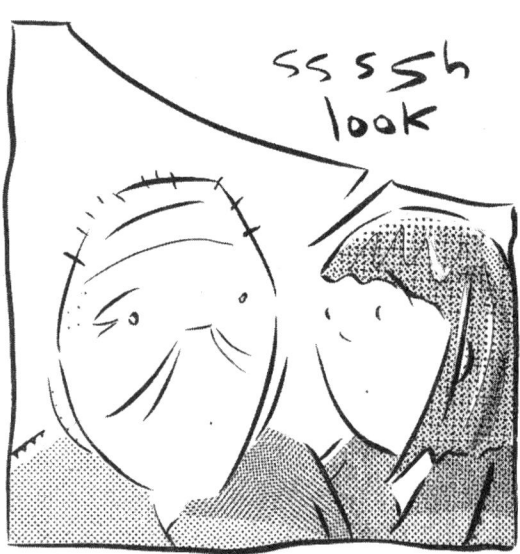
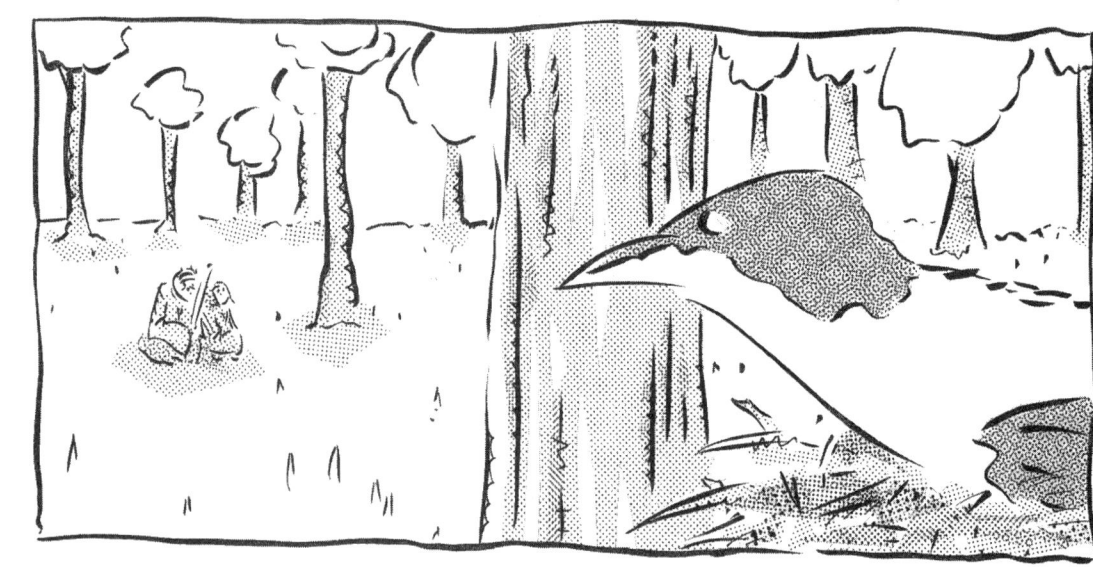

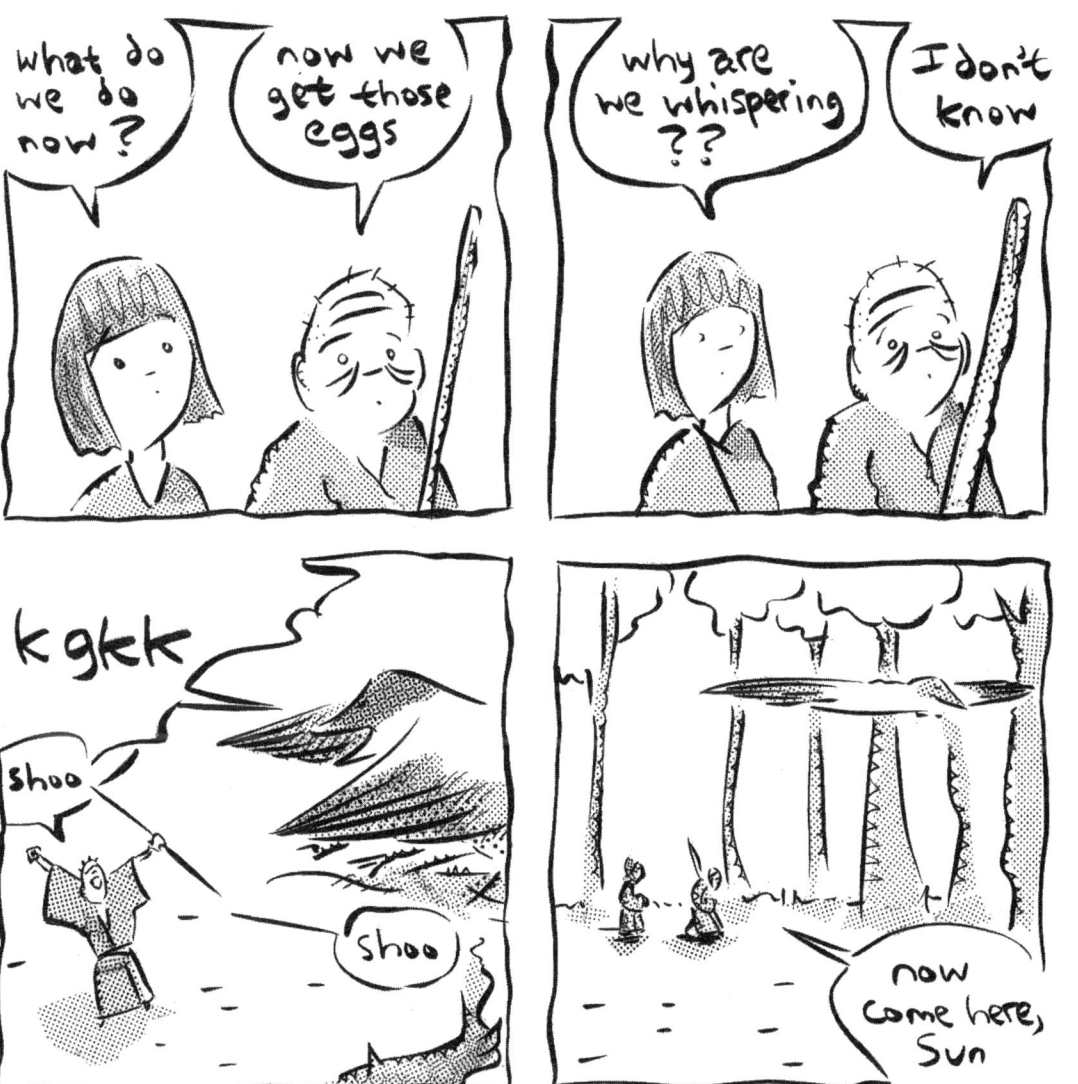

ねえ、どうしましょう？ どうして私たちささやいてるのかしら？ わからない。 さてあの卵をとろうか。 シュー、シュー、シュー。 さあおいで、サン。

わからないわ。ばかげてるわ。ひょっとして卵をたたき落とすよりはいいだろう。彼らは逃げ出すだろうよ。ぐらぐらするわね。がわかる。シュー、シュー。クー。

"I don't know about this..."

"nonsense"

"it's better than if we just knock the eggs out"

"they might break that way"

"I feel wobbly"

"if you think you're going to fall, let yourself fall, it's not that high. just don't—"

...
???
how about rice for supper?

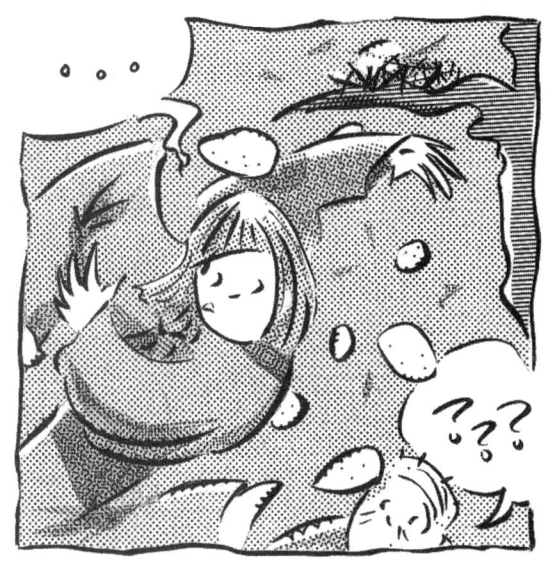

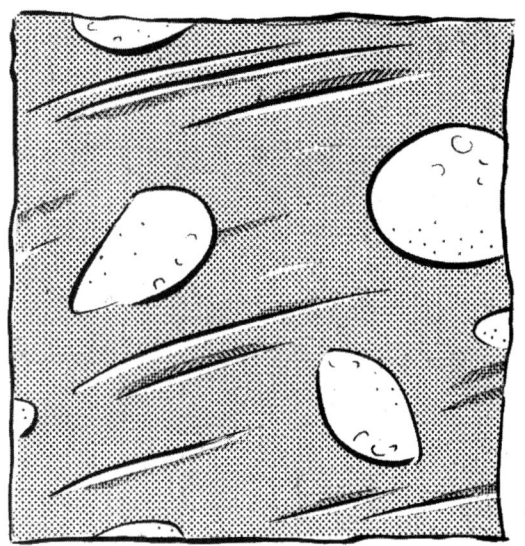

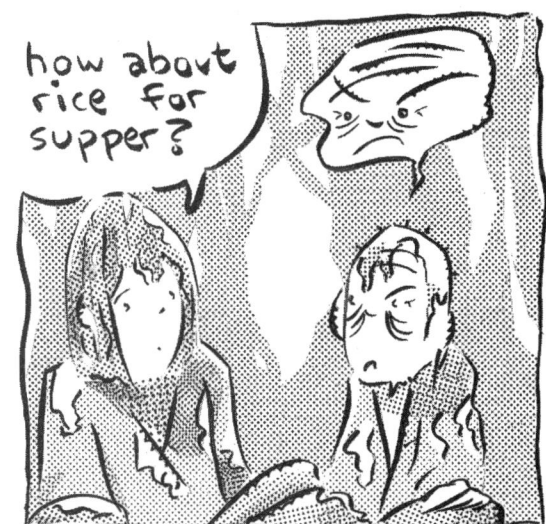

夕食の米はどう？

tell me a story

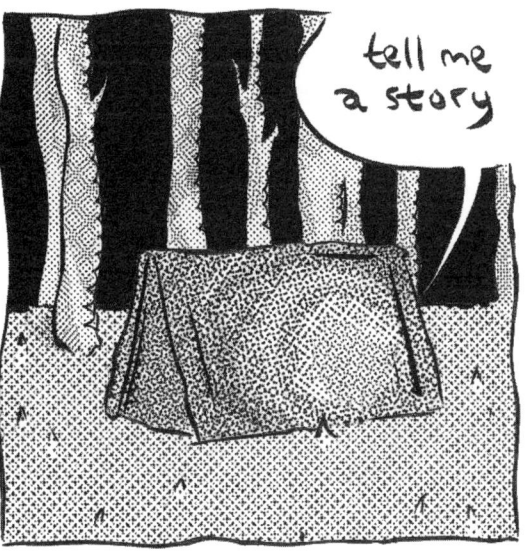

私にお話をして。

お話？おまえさんはいくつかな？　お話を聞くにはまだ十分若いわよ。
う一ん、それなら太陽の神、天照らすの話をしよう。
かわいいかって？
彼女はみんなのなかで一番綺麗だったさ。

a story? how old are you, girl?

young enough to hear a story

hmm

perhaps the tale of Amaterasu, the sun goddess

oo, is she pretty??

pretty?

she's the most beautiful of all creatures

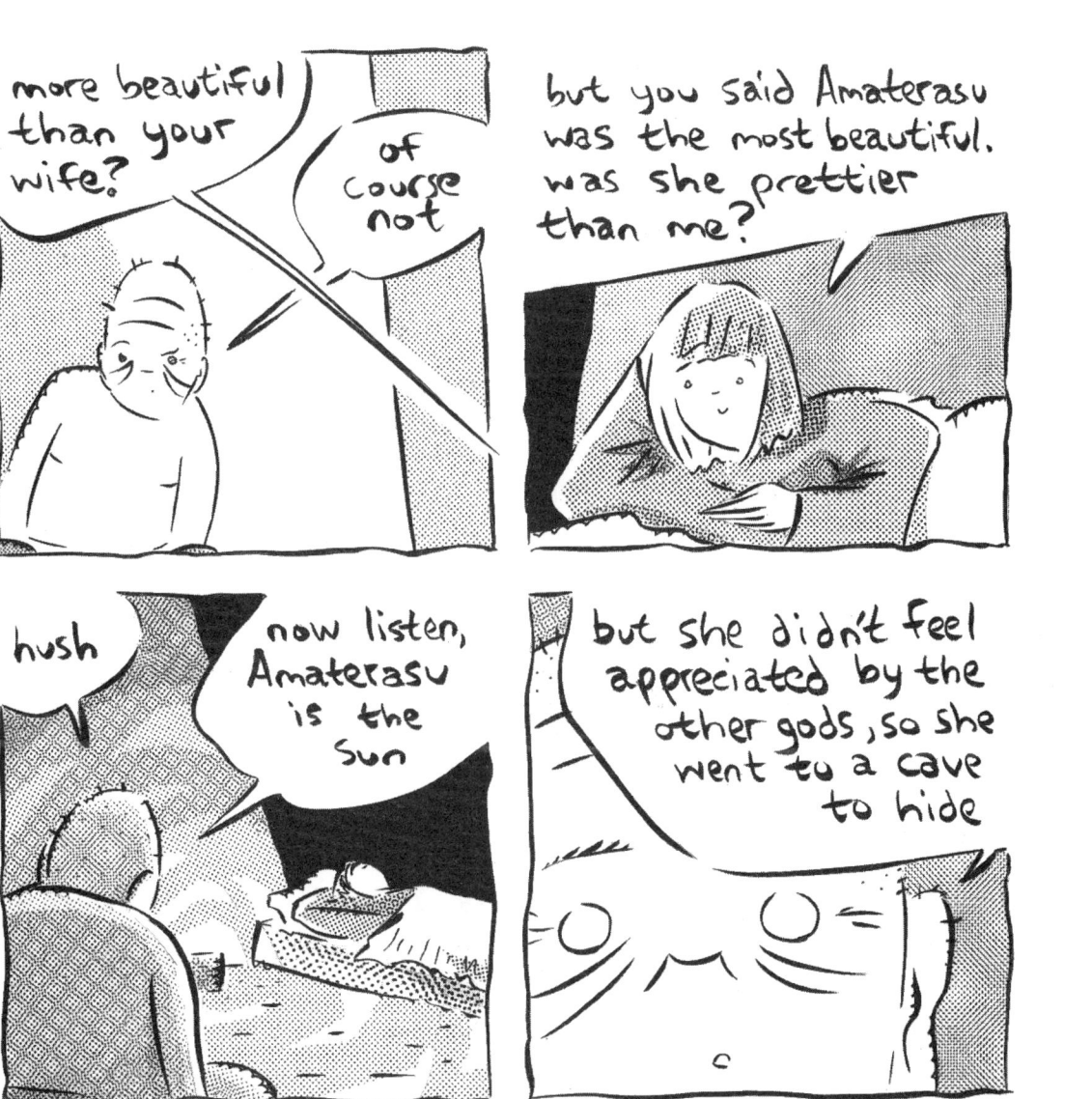

あなたの奥さんよりも？もちろんさ。あなたは天照らすが一番綺麗だって言ったけど、彼女は私よりもかわいかった？しつ、さあ聞きなさい。天照は太陽なのだ。だが彼女は他の神々に認められていると感じていなかったから、隠れるのに洞穴へ行ったのじゃ。

そうしてすべての光が世界から去った。
そしてずっとどこにも夜のように闇となった。
すべての神々は集まり、美しい鏡や宝石や剣の贈り物をして彼女を誘い出した。ふうぁ〜。

"So all the light left the world

and it was dark as night all the time, everywhere

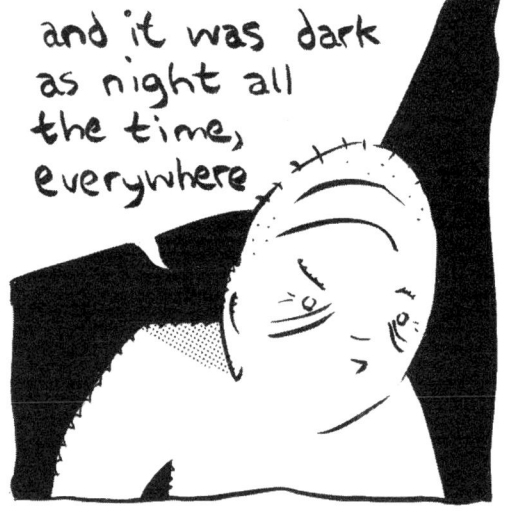

So all the gods got together, and to lure her out, they brought her gifts of beautiful mirrors, jewels, and a sword...

yawn

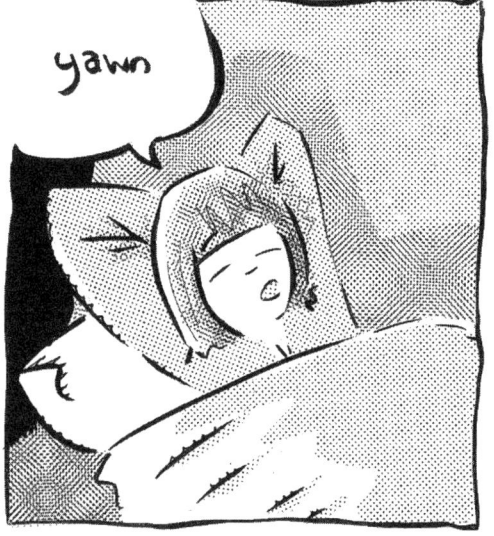

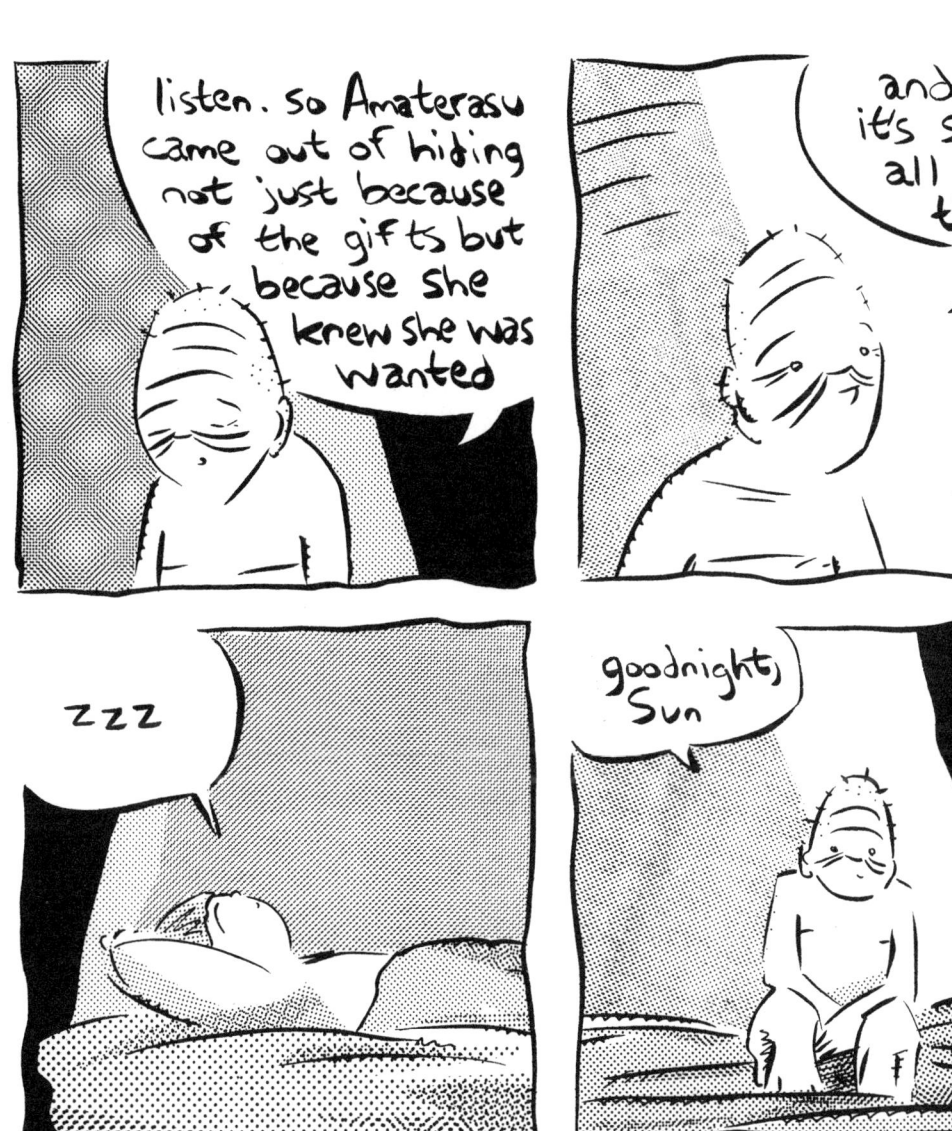

聞きなさい。だから天照らすは彼女が必要とされていると知ったから出てきたのではない。だがな、今ではずっとよく照っているのだ。グーグー。

お米をしまってあるところを教えてあげよう。お爺さん どうして お米を刈り取る方法を教えてくれないの？ 危険だからだよ。

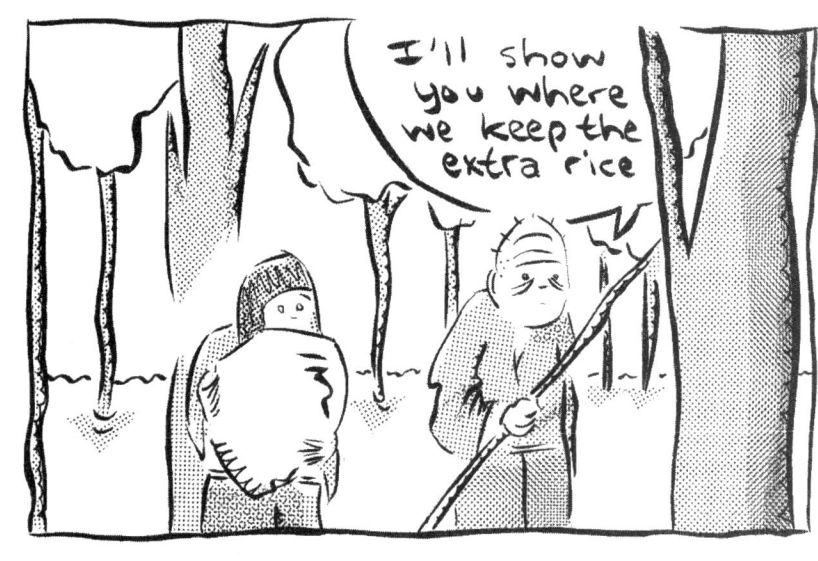

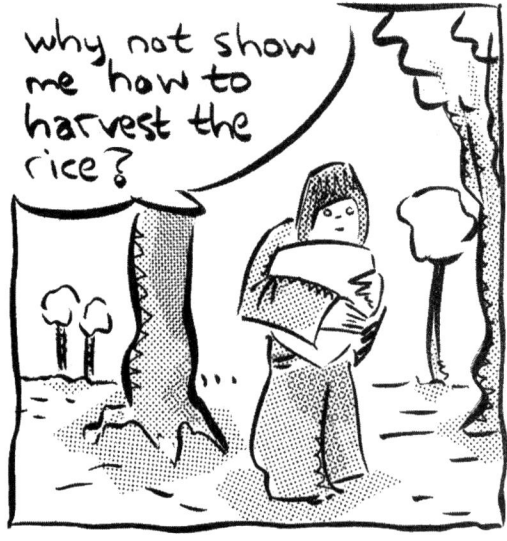

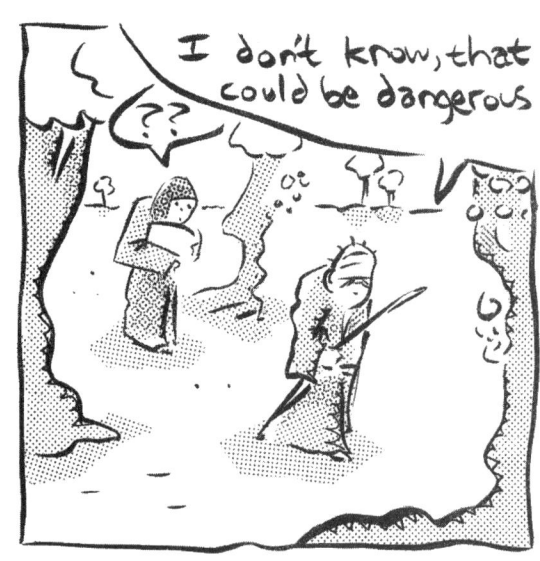

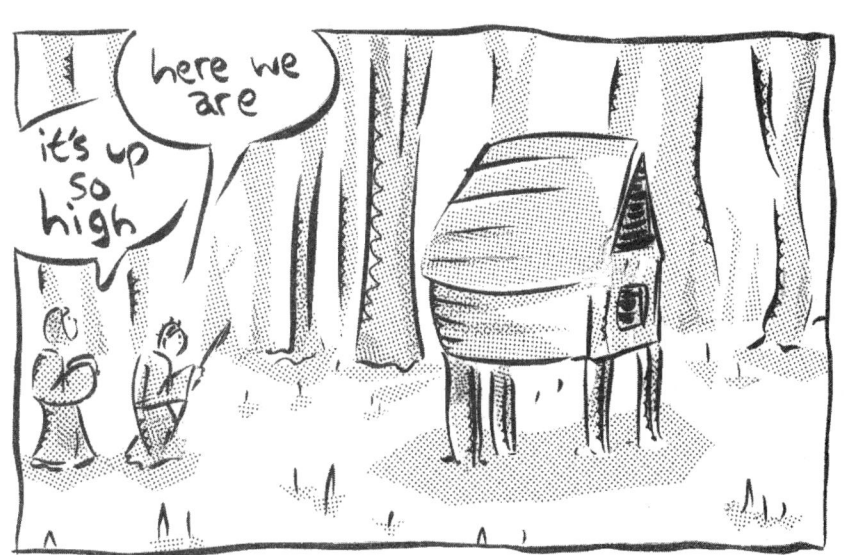
危険って？ おまえにはちょっと危険なんだよ。 さあ ここだよ。
わあっ 高い。

虫が入らないように高くしてあるのさ。その米を上に置いておく。何も入っていないかい？それが大切なんだよ。わかった。虫ってどんな？

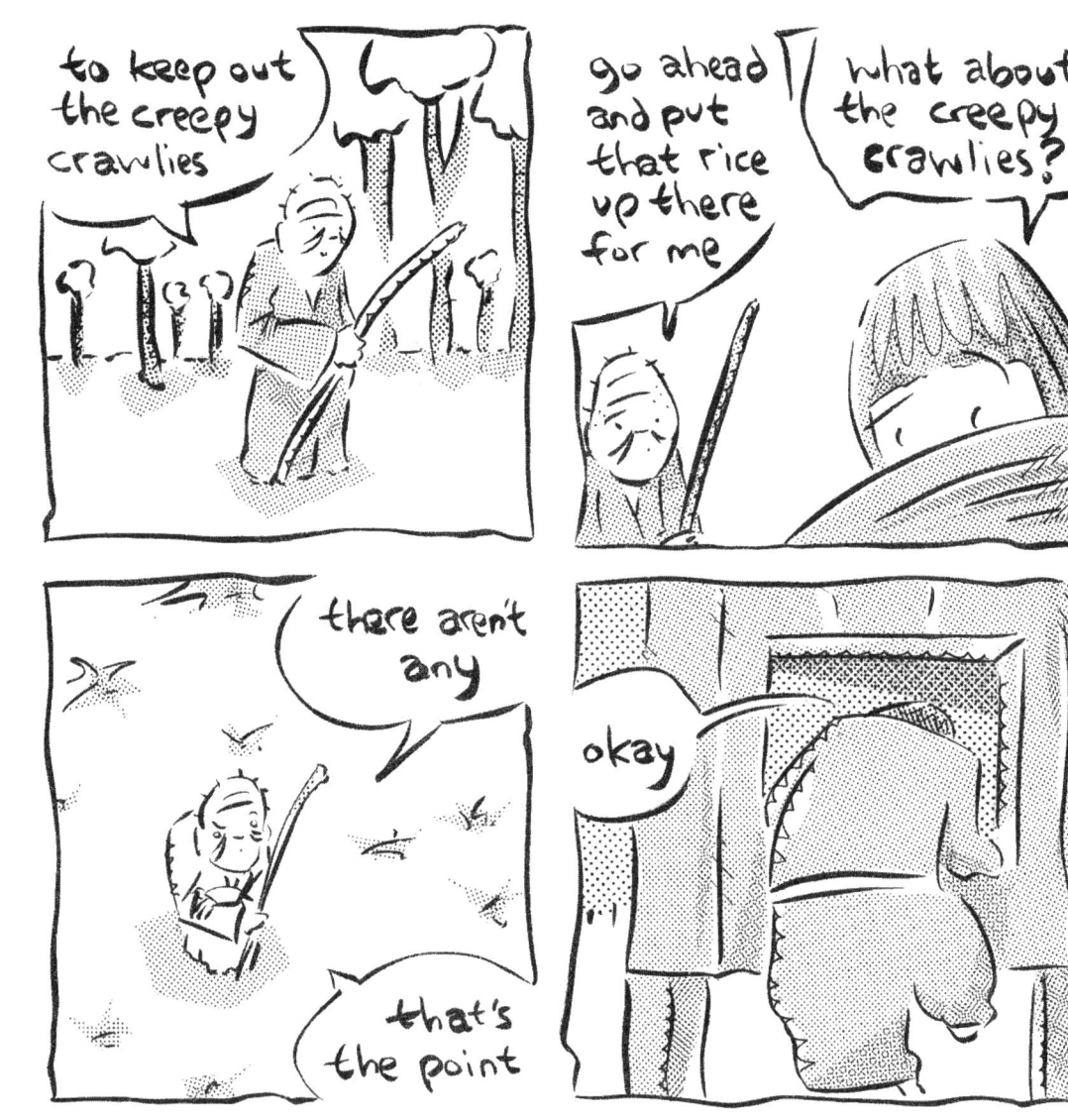

grrrr
YAAAH!
oof
wha-
oh

きゃー　うー　わあー　あっ

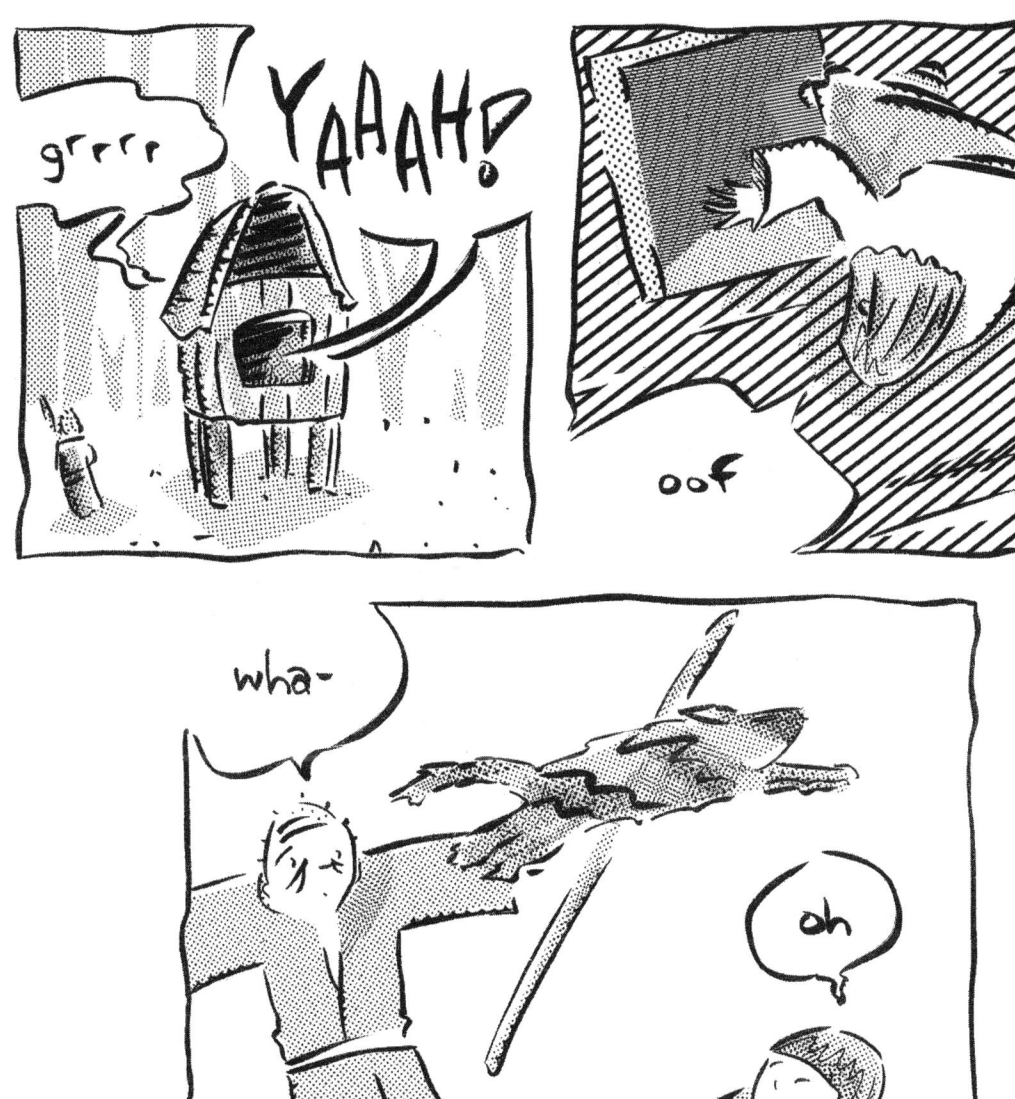

what was that?
raccoon dog
but he's so mean-
he must be sick
I must have left some old fish in there... maybe he got into it

あれは何？　狸。　あの狸痩せてる。　きっと病気にちがいない。
そう言えば新鮮でない魚を小屋の中にいれておいたんだ。　それを食べた
にちがいない。

well, what do we do?
eh?
oh
shoo!
shoo!

お爺さんどうしよう? ああ。 うむ。 しー、しー。

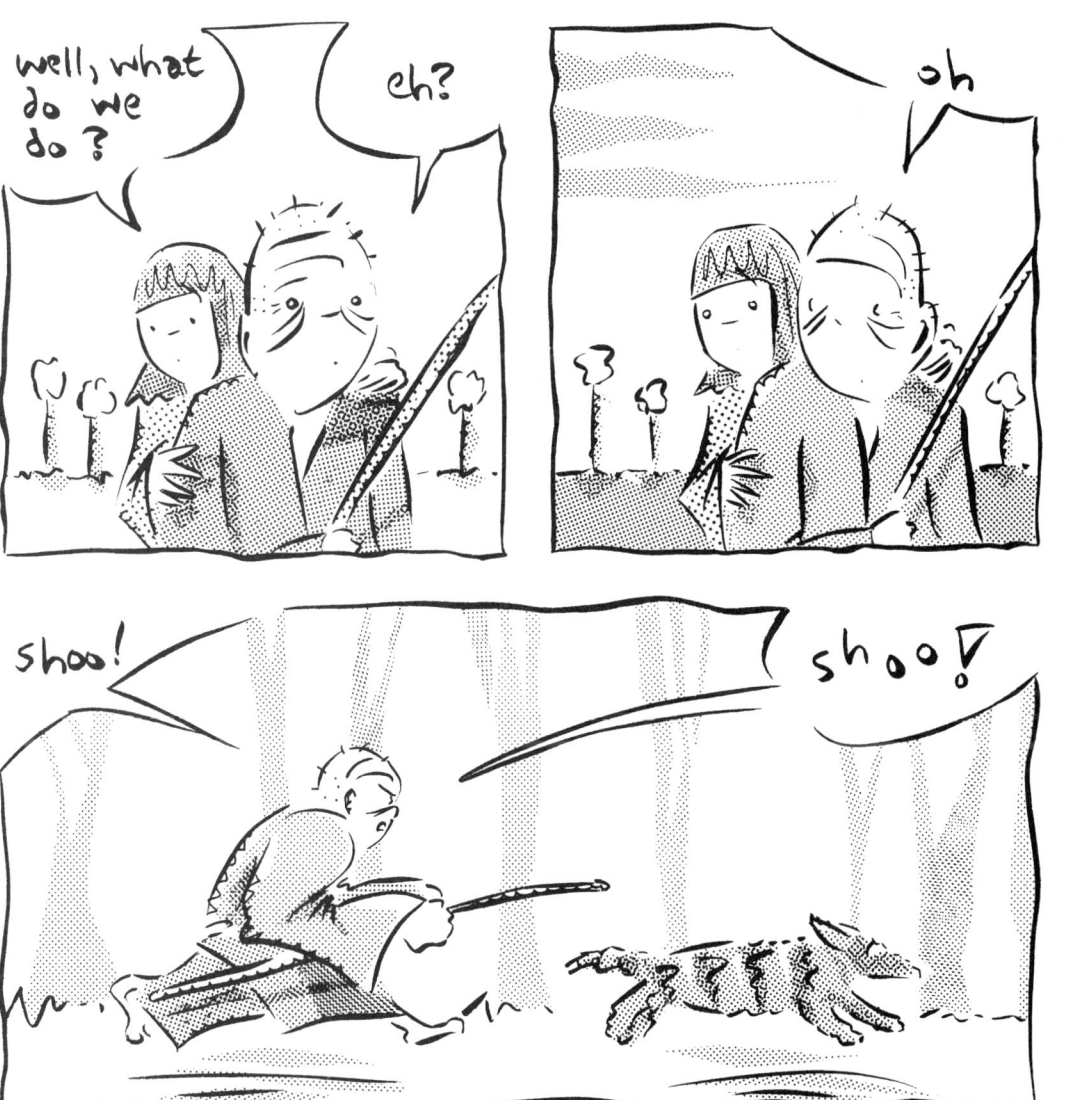

はーはー。ぷー。　　　お爺さん。えっ？　素敵。

huff huff　uff

oh, kokoro　eh?

my hero

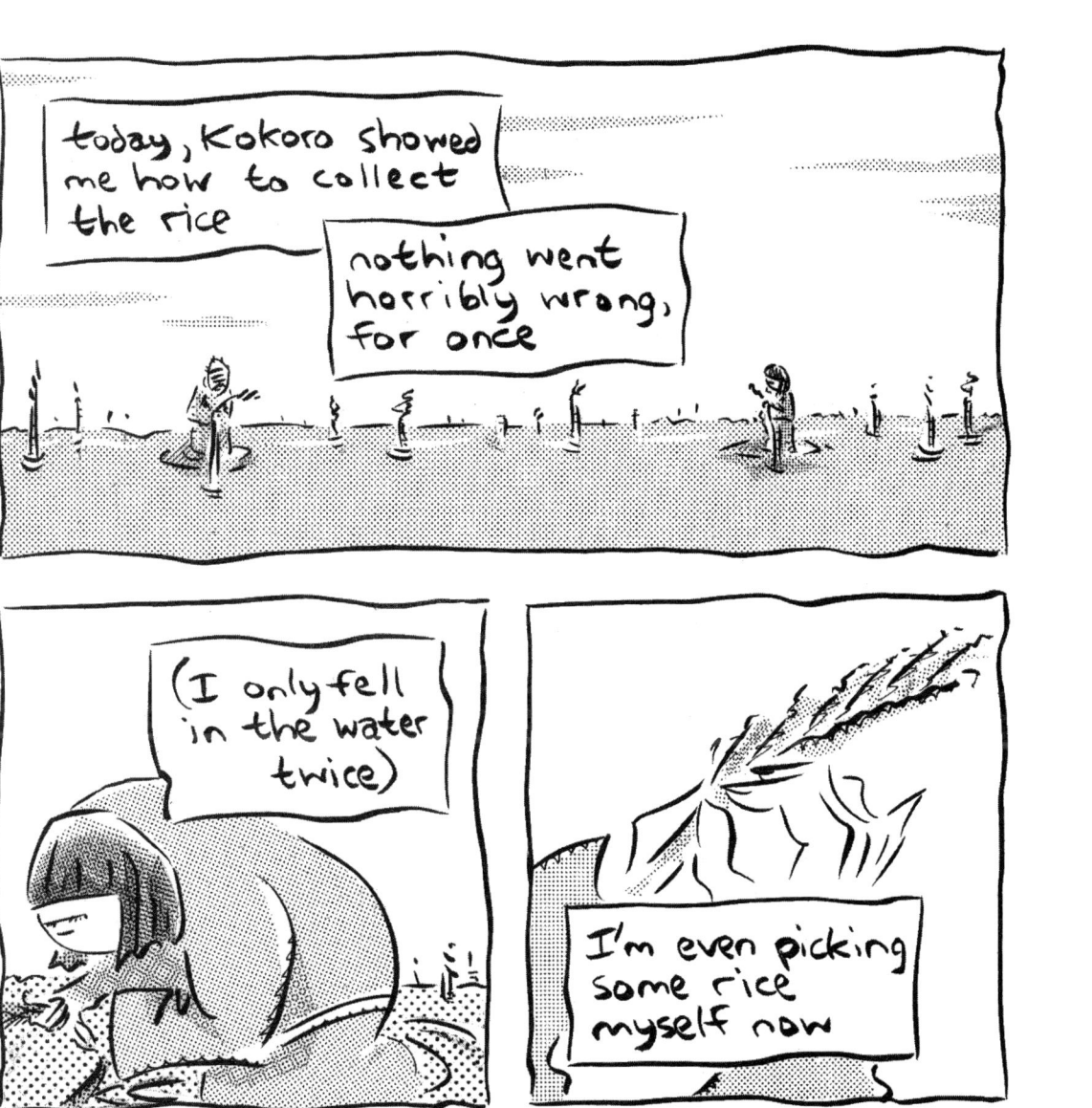

今日お爺さんはお米をどうして収穫するのか教えてくれた。たいしてた失敗もなかった。2回ころんだだけだった。今では自分でお米の又穫も出来るようになった。

お爺さんはとても親切で、私はお爺さんがとても好きです。でもお爺さんは私を実の娘のように愛してくれます。私はお爺さんがとっても好き。私は少女。

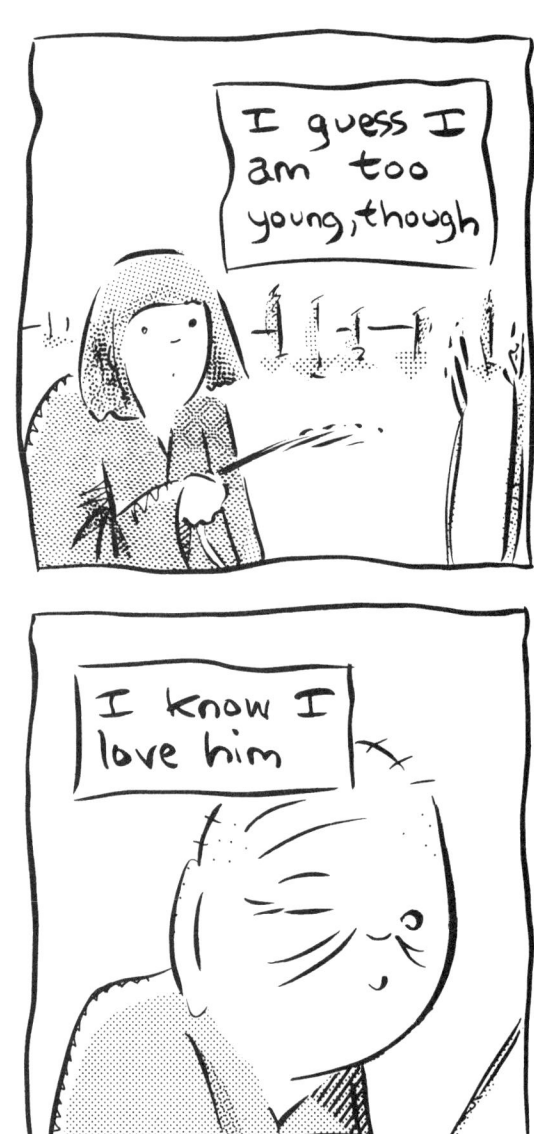

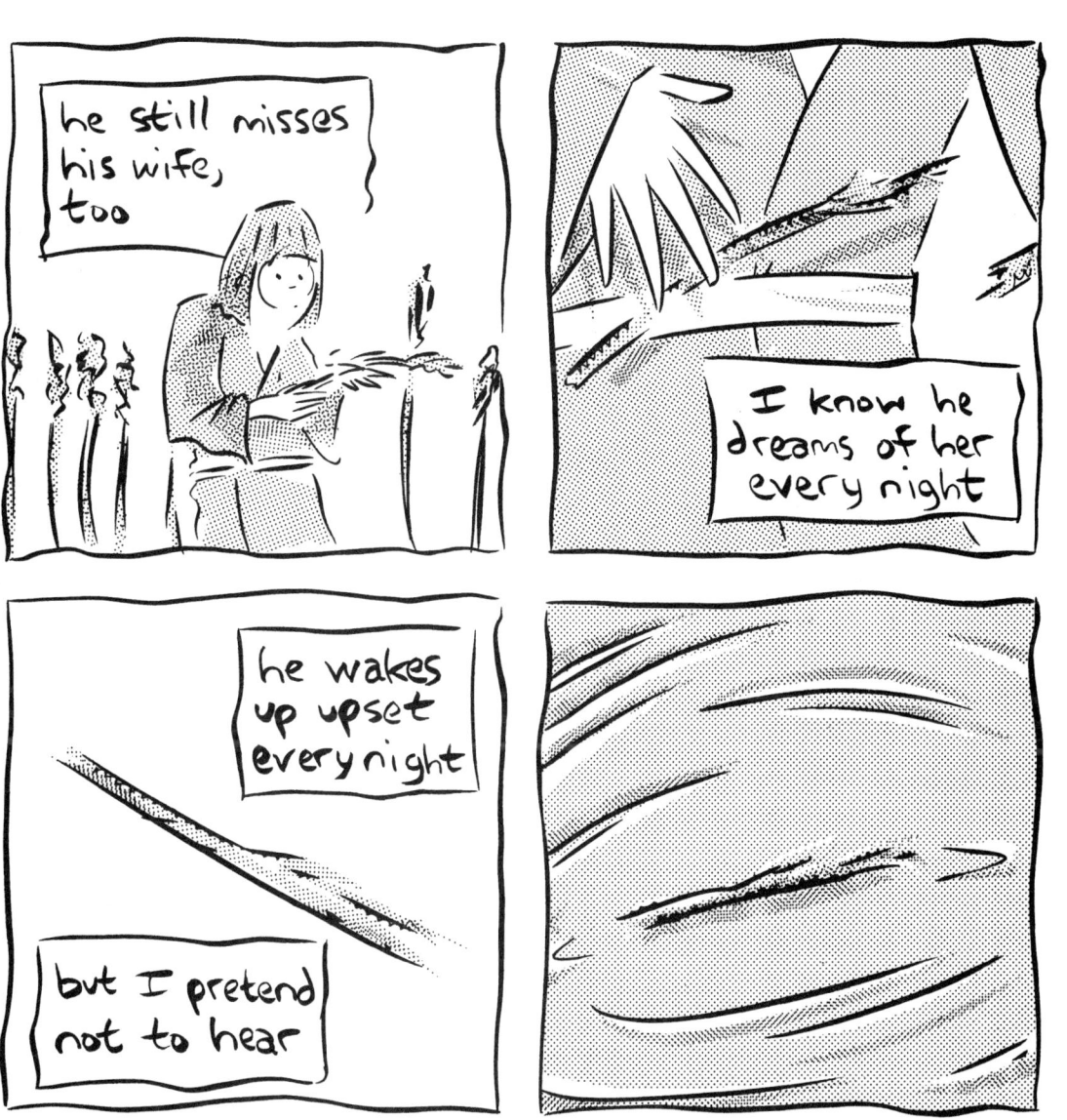

お爺さんは今でもお婆さんのことが忘れられません。お爺さんは毎晩お婆さんの夢をみています。お爺さんは毎晩うなされて目を覚ます。でも私は気付かないふりをしているの。

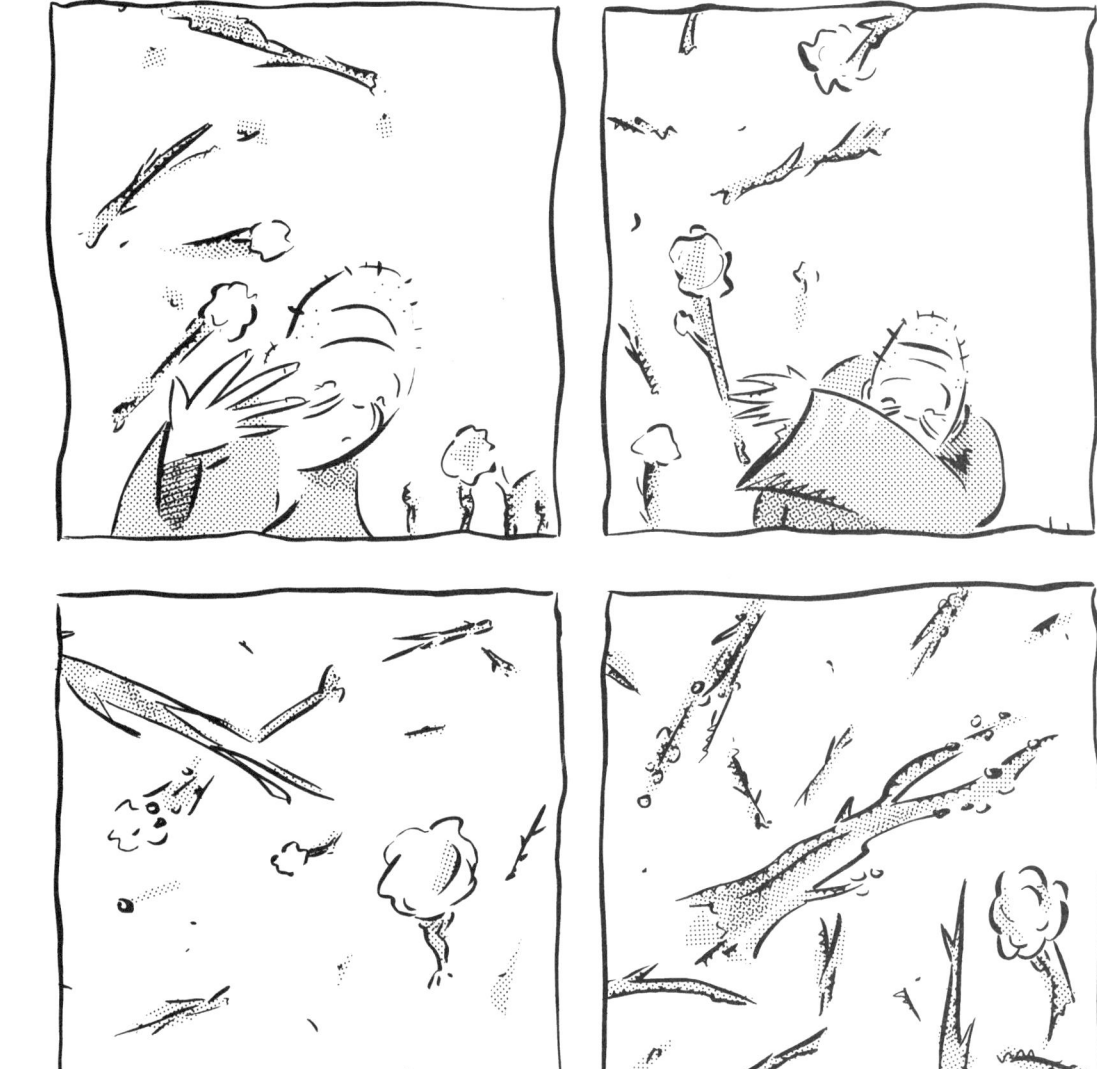

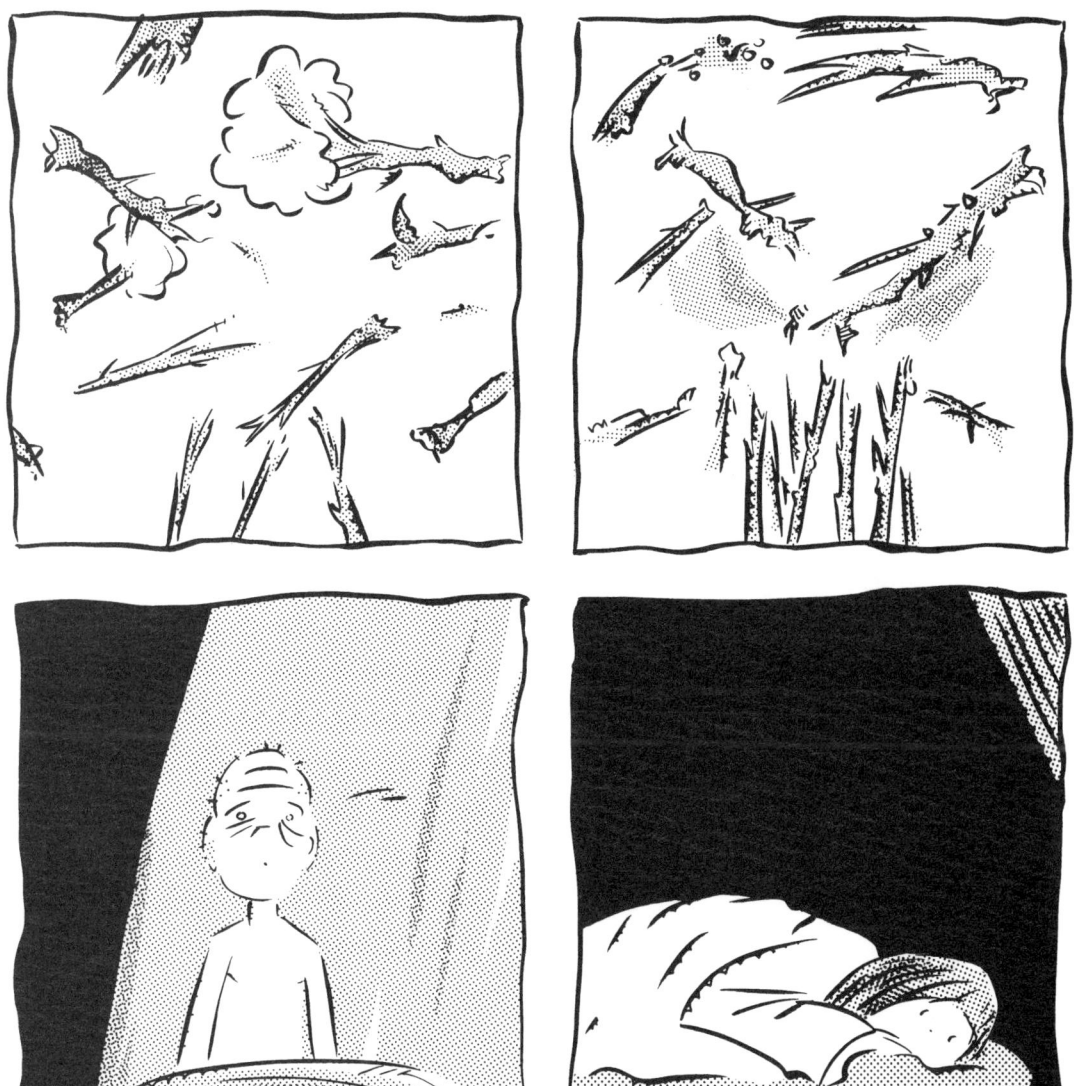

お爺さん、私だんだん上手になったでしょう。そうだね。竿を傷めなくなったし、私に釣糸をひっかけなくなったし。そうね。次は魚を釣ることだね。

I think I'm getting better at this

Sure you are. you haven't broken anything or knocked me over

now all you have to do is catch a fish

HA-HA

ooo
I got something!!
come on you stubborn fishy

さあこっちへおいで、おいで。

私なにか釣ったみたい。

何、これ。 あんこうだよ。 気持ちわるいけど美味しいんだよ。
よくやった、メイ。

"eww, what is it?"

"toadfish"

"ugly but tasty"

"good job, Mei"

びゅー
BOOM

BOOM
bad storm
mm?
m-hm
do we have to secure the hut or something?
we have to...

びゅー
びゅー

ひどい嵐だ。 うむ? うむ。 小屋の戸をしっかり
しめないと、 他に何か? そうじゃな。

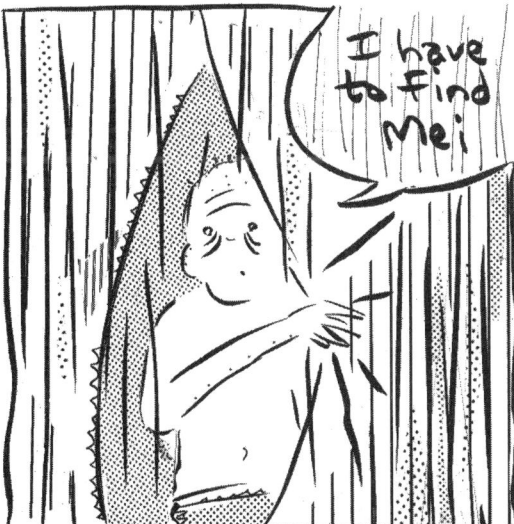 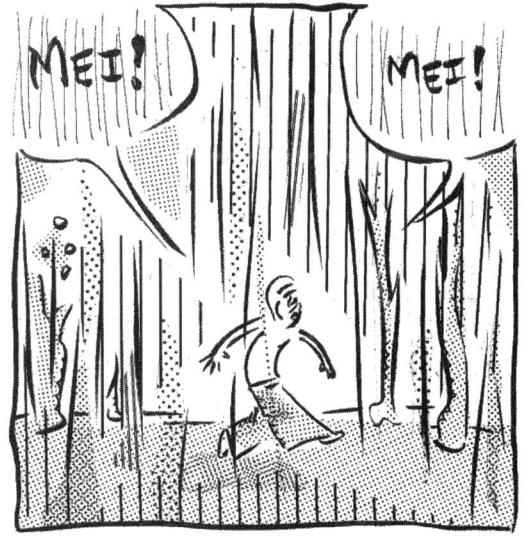 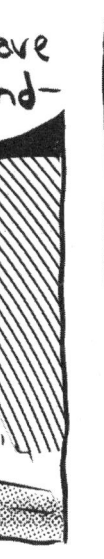 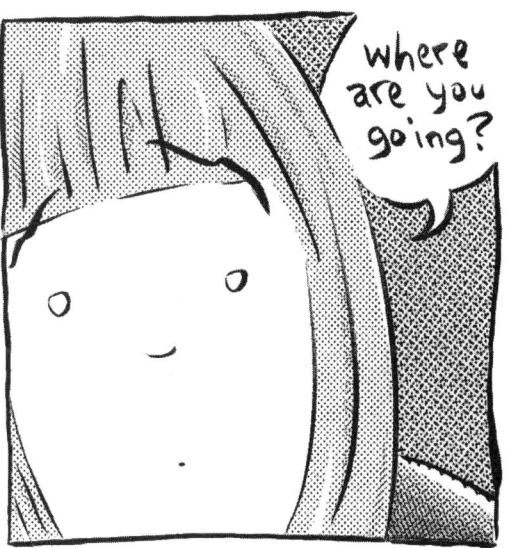

お爺さん？見てこなければ。お爺さんどこへ行くの？　お婆さん
を探してこなければ。　　　　メイ。メイ。　　　　　　　メイ。

メイ。

MEI..

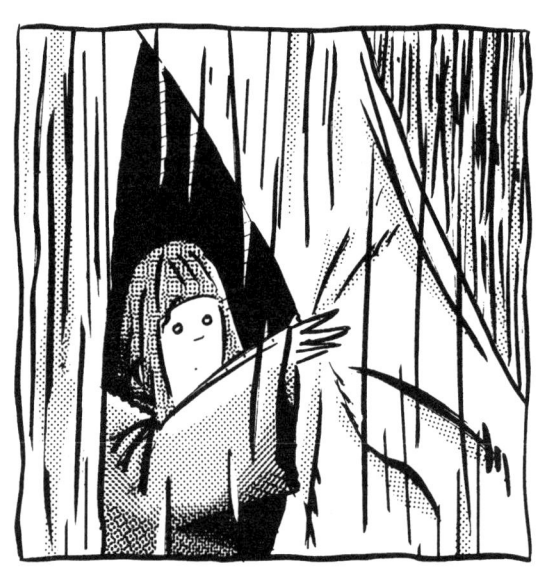

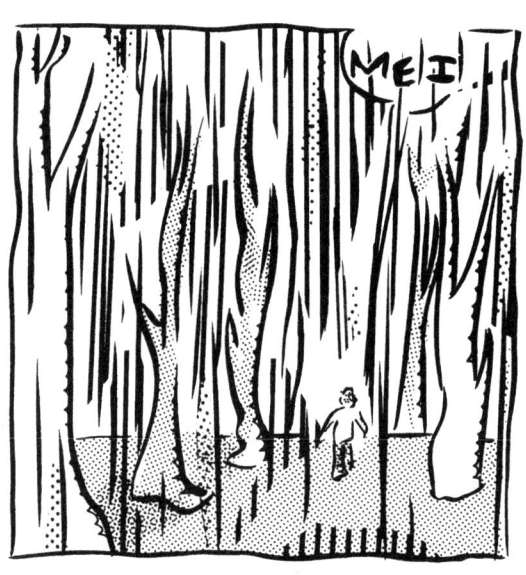

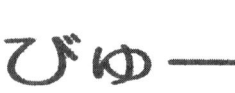

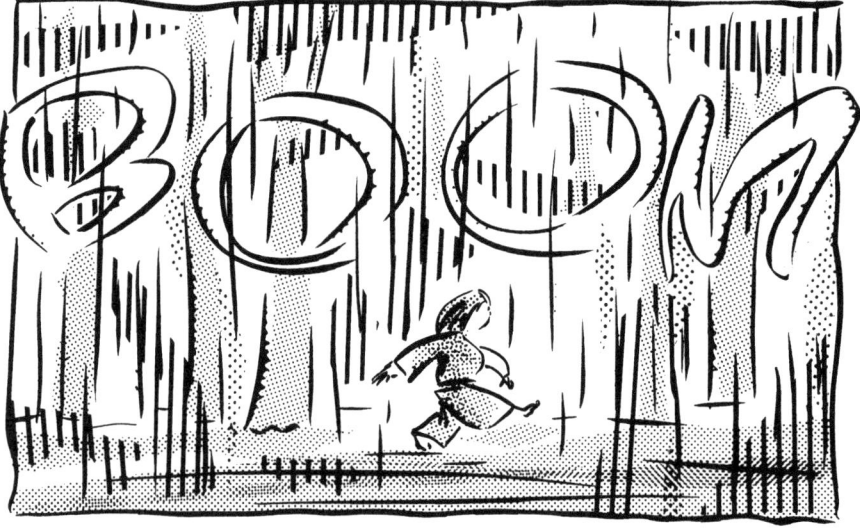

びゅー

BOOM

お爺さん。

メイ。メイ。

MEI!
MEI!
KOKORO!

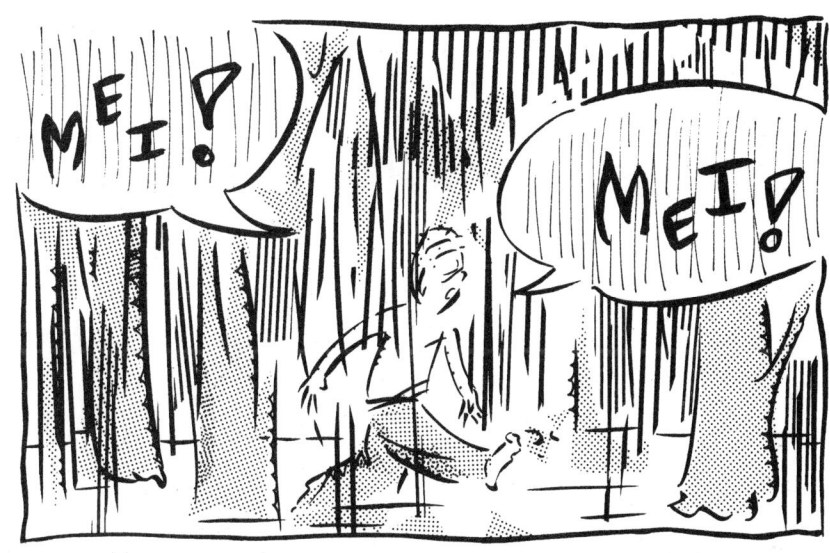

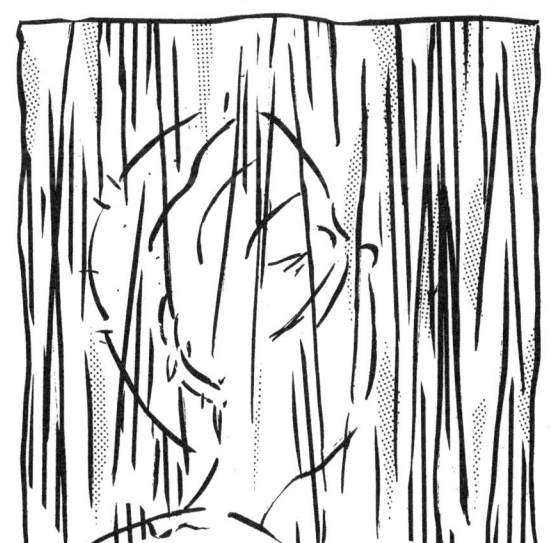

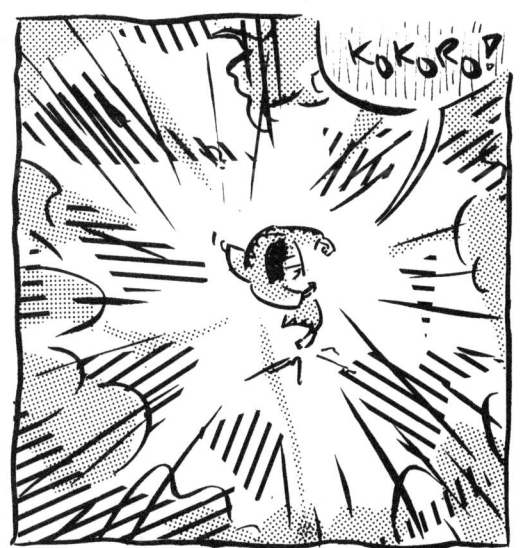

びゅー。
メァ。

お爺さん帰りのましょう。こんなに濡れて病気になるわ
全部私のせいなんだ。ちょうどこんなにひどい嵐の中、
爺さんと釣りをしていたんだ。

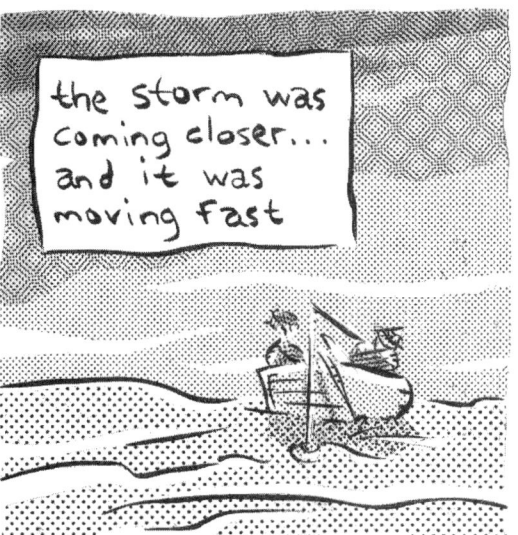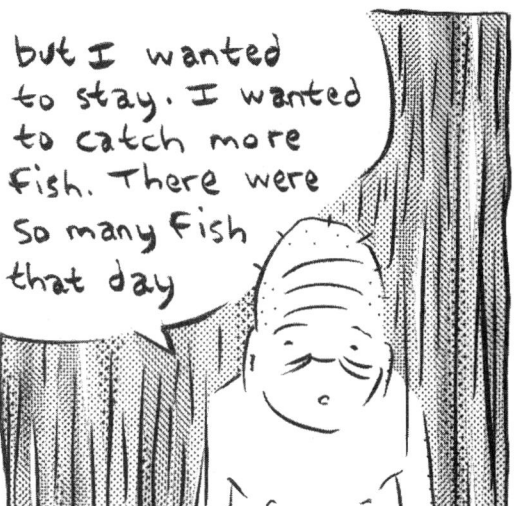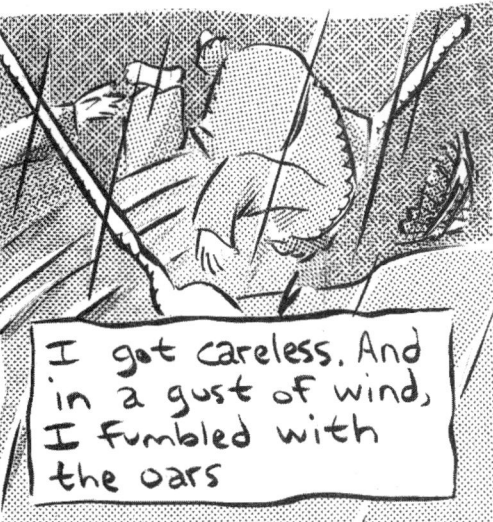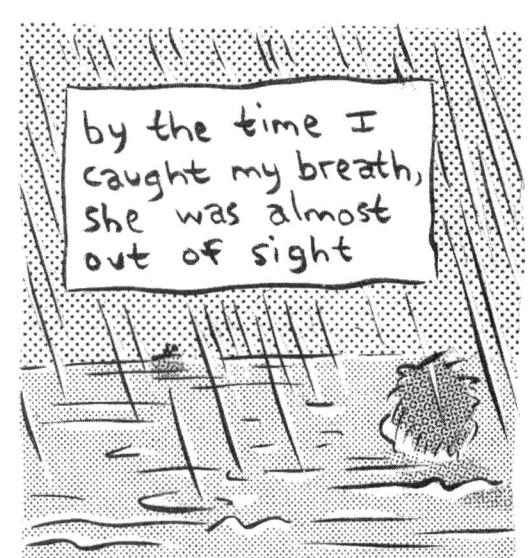

その日、嵐が近づいていて あっという間に嵐の真っただ中にいたんだ でも魚がいっぱい見えたので私は釣り続けたかったんだ。そして風がびゅーとふいたとたんに私はオールの操作を誤った。あっという間に婆さんは見えなくなってしまった。不注意だった。

BOOM

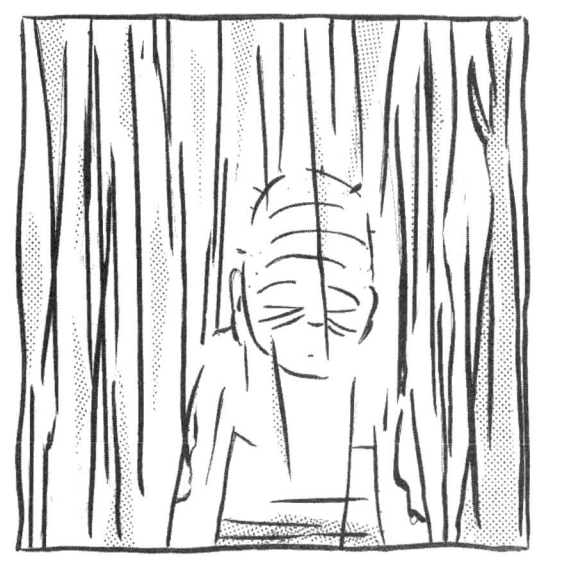

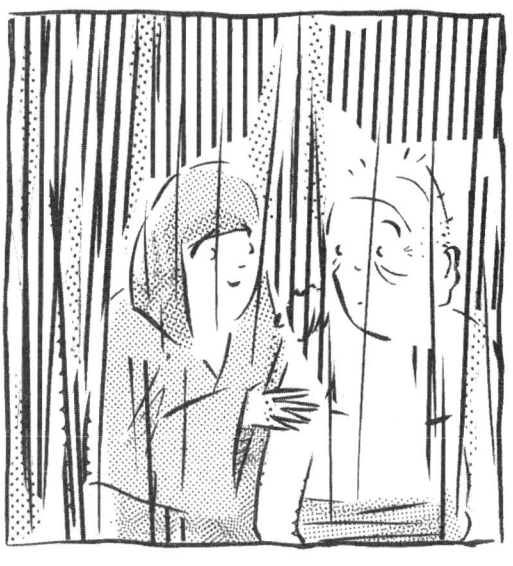

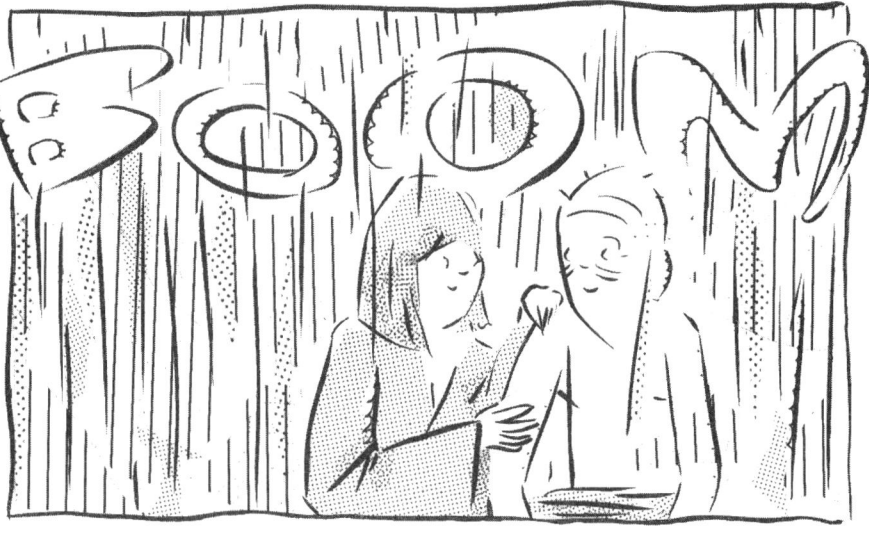

BOOM

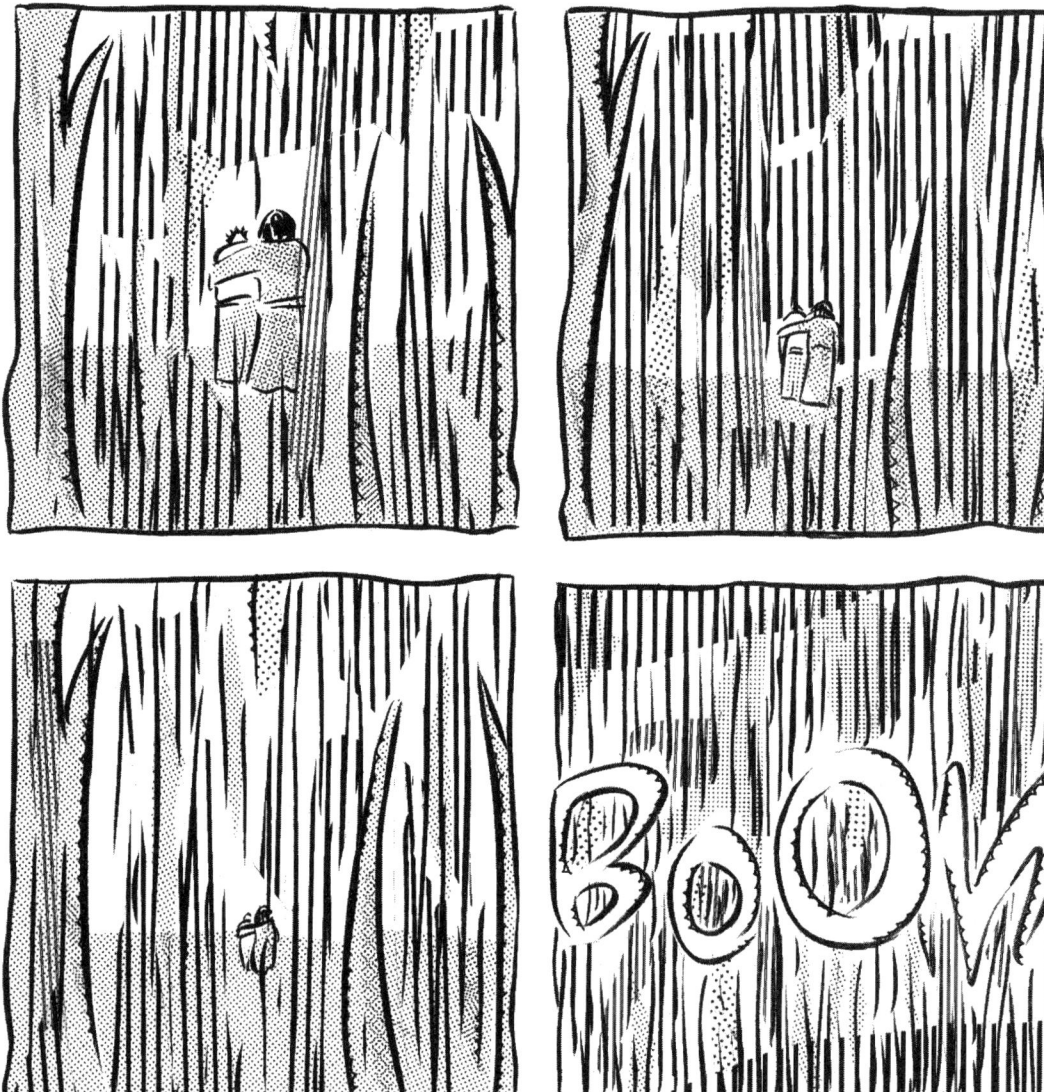

BOOM

お日様？

Sun?

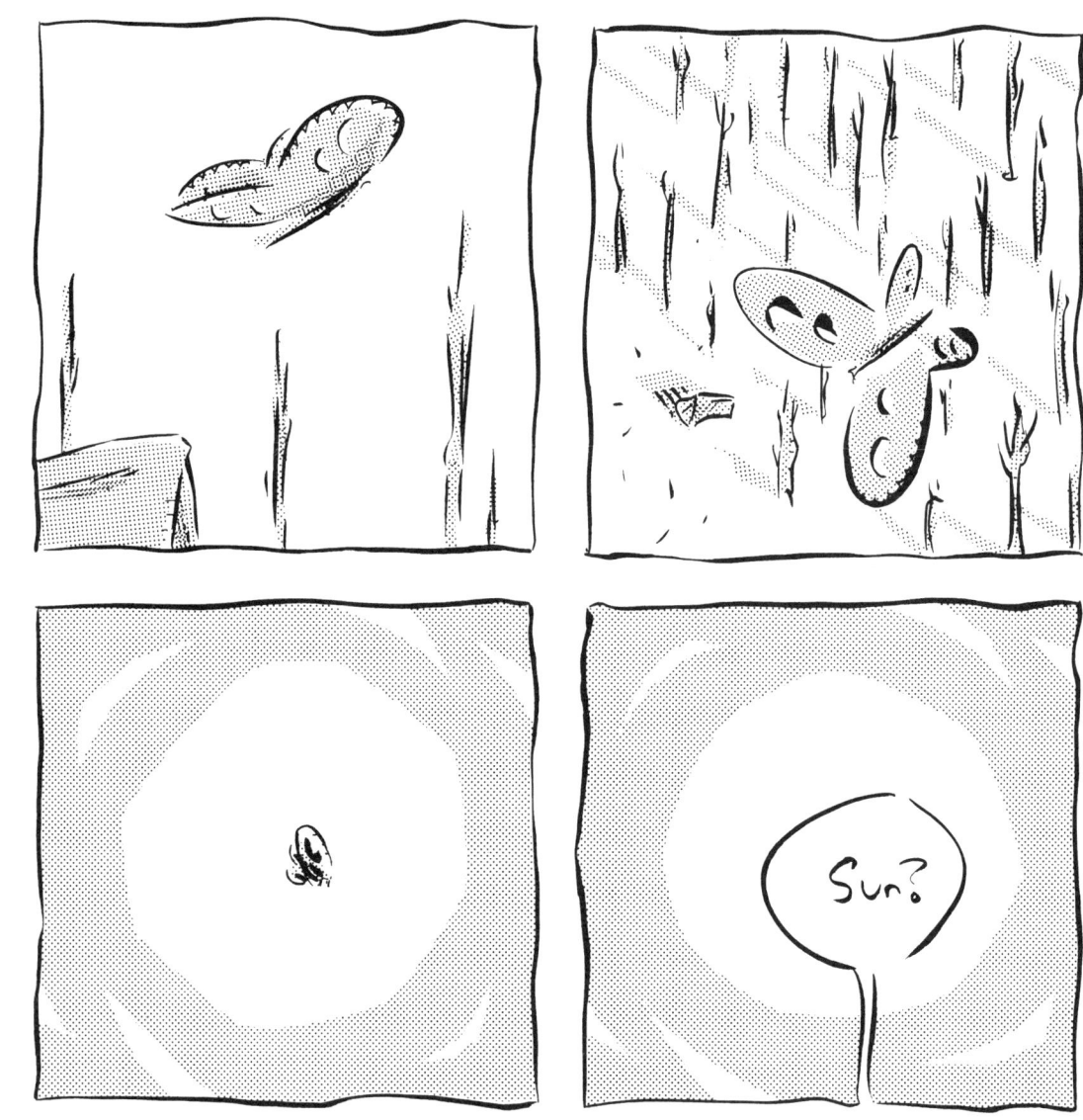

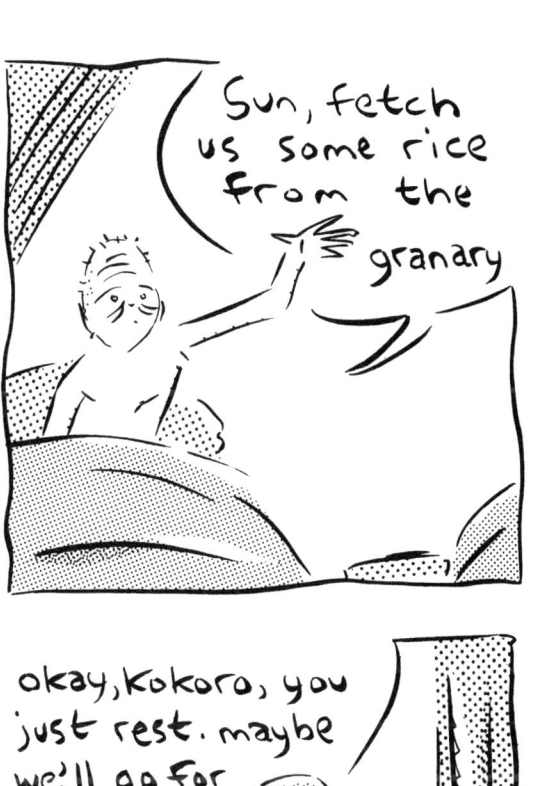
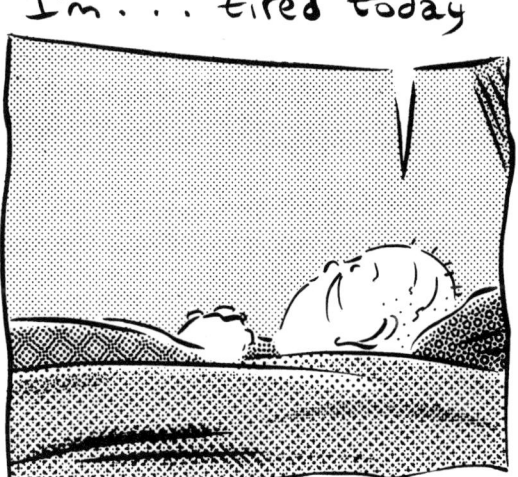
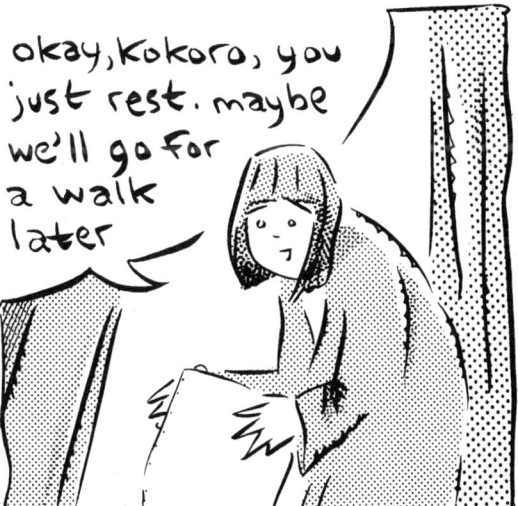
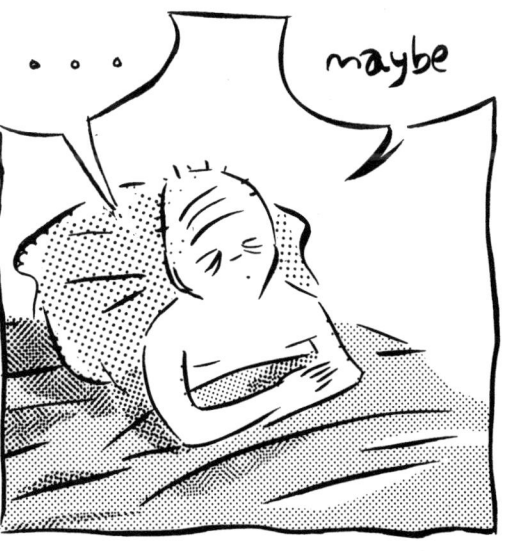

お日様 蔵からお米を取ってきて。今日はとっても疲れたよ。
かったわ、お爺さん。ゆっくり休んでちょうだい。後で散歩に行きま
しょうね。そうだね。

I'll be right back
Sun
eh
thank you

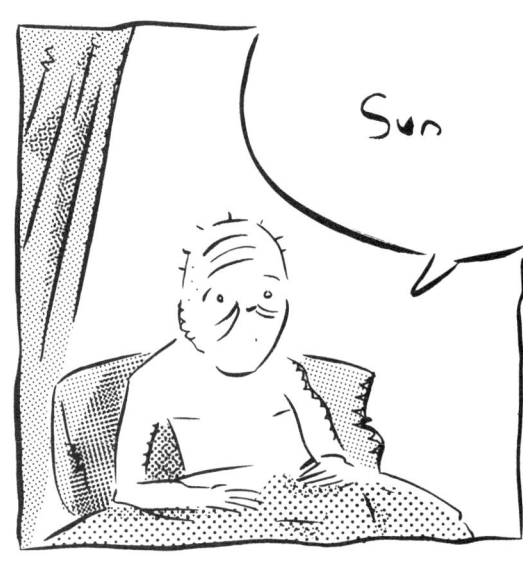

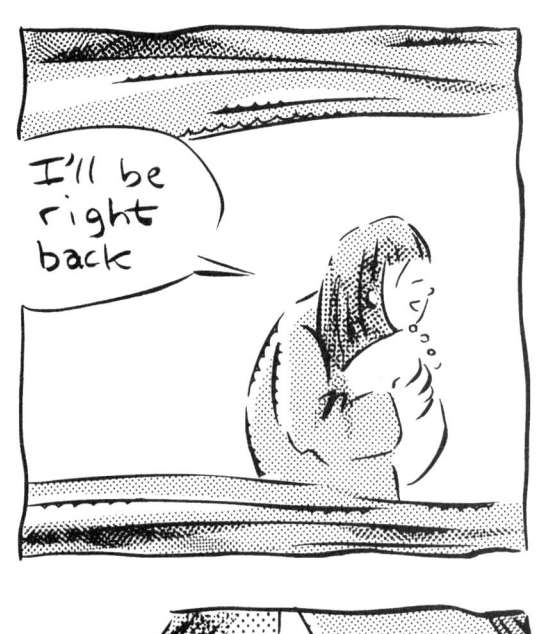

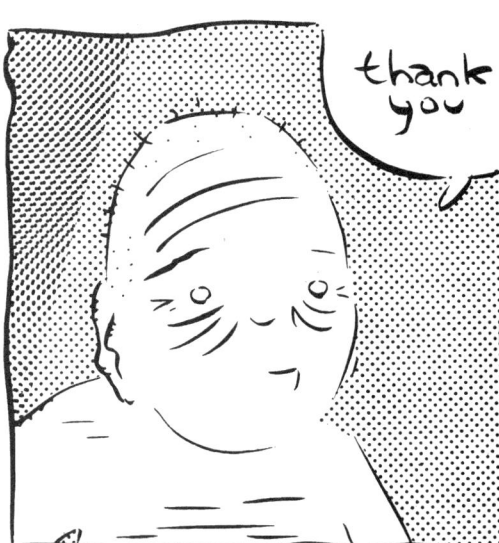

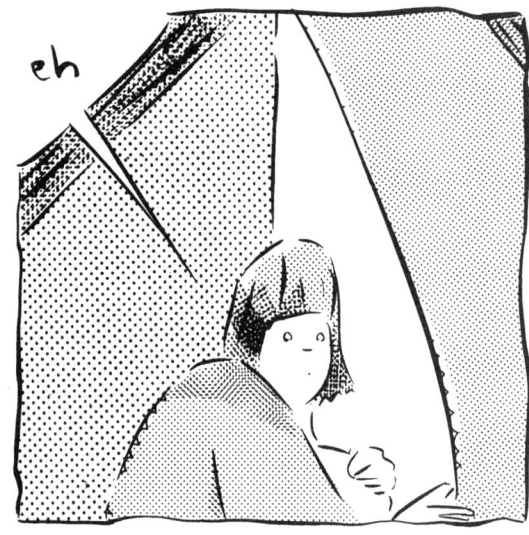

すぐ帰ってくるわ。　お日様。　えっ？　ありがとうよ。

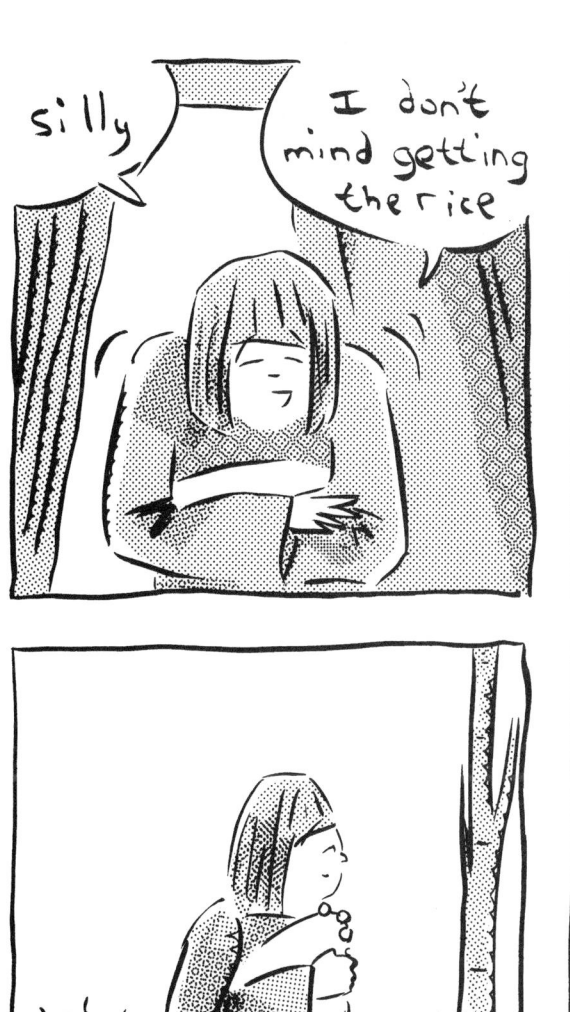
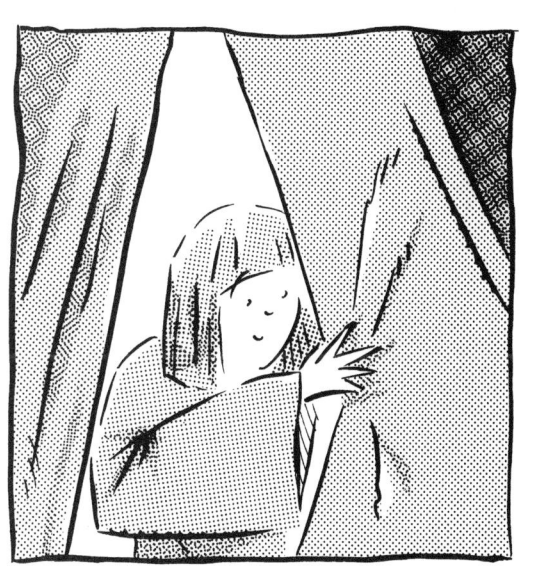
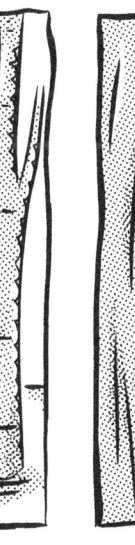
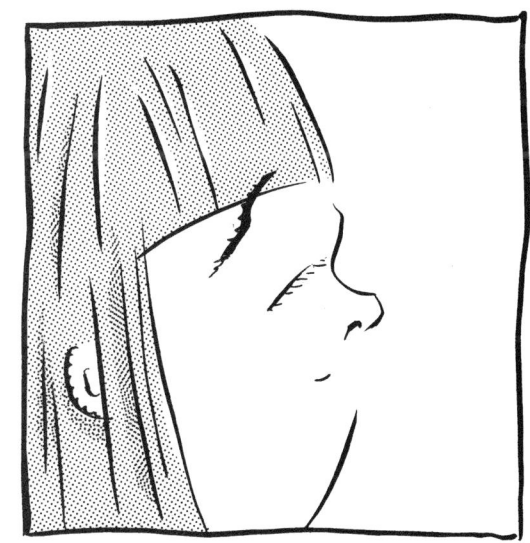

いやねっ。お米を取りに行くくらいなんでもないわ。

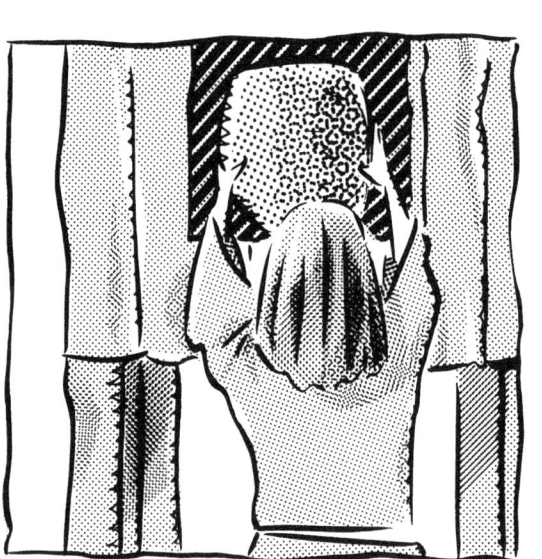

???
am I-
KOKORO!

???私って。お爺さん。

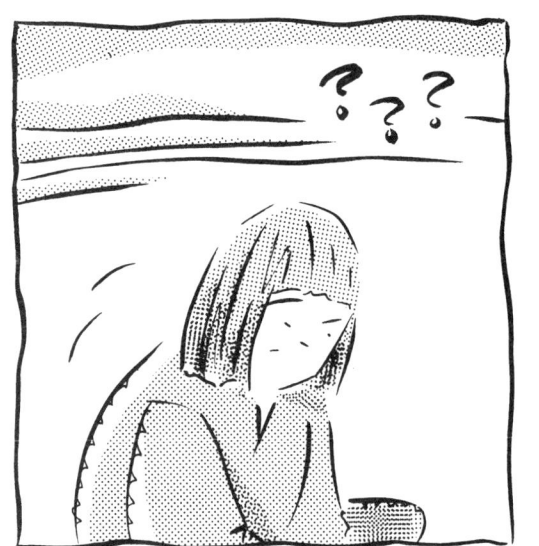

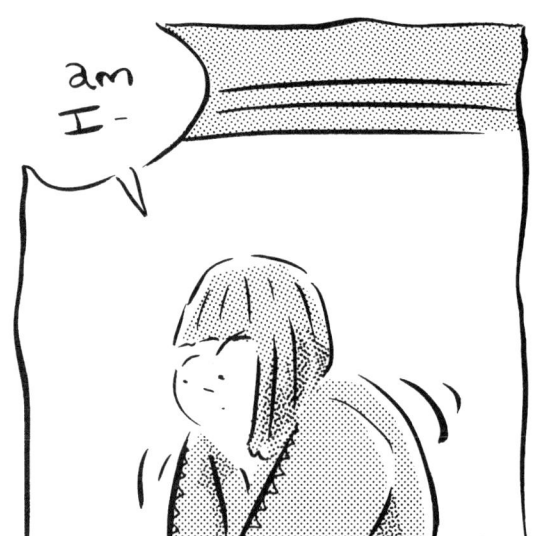

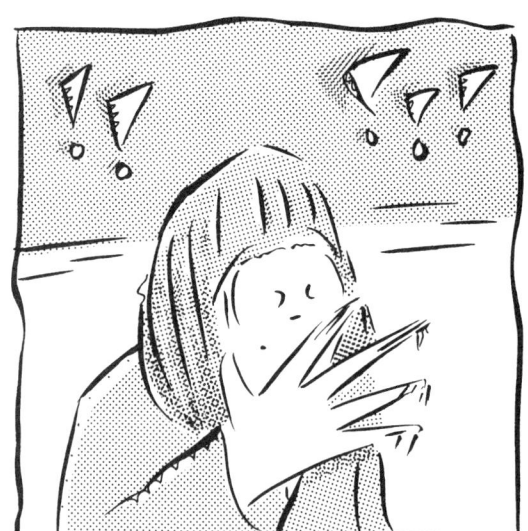

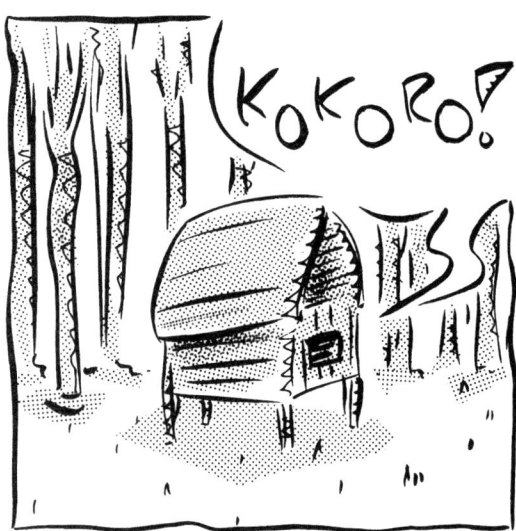

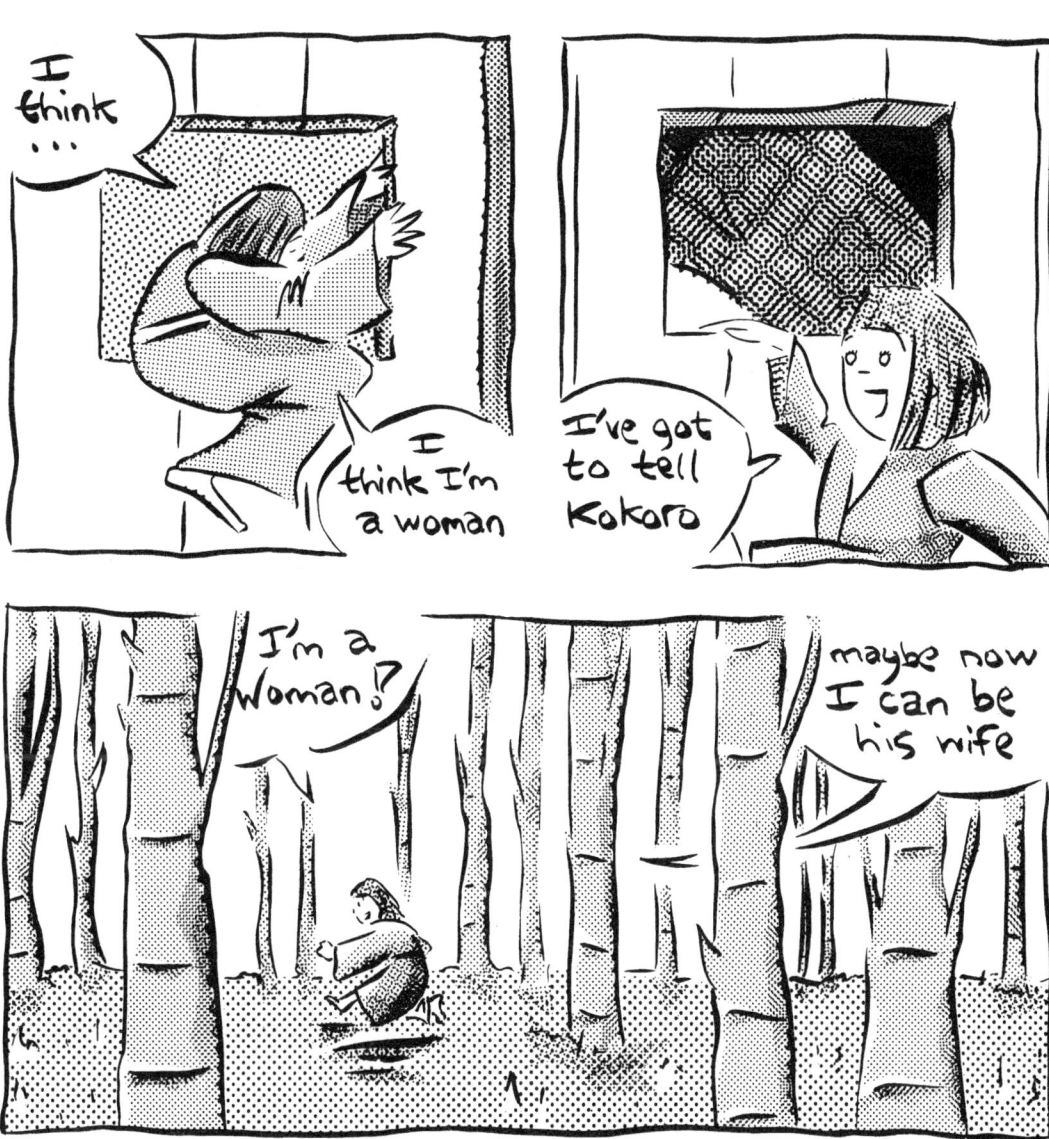

私、女生になったわ。お爺さんのお嫁さんにしてもらおう。　お爺さんに知らせよう。　私、女きっと女性になったのよ。

ねえ　お爺さん聞いて。　遂に私たち。　お爺さん？　起きて。
　　　　　　　　　　　　　お爺さん。

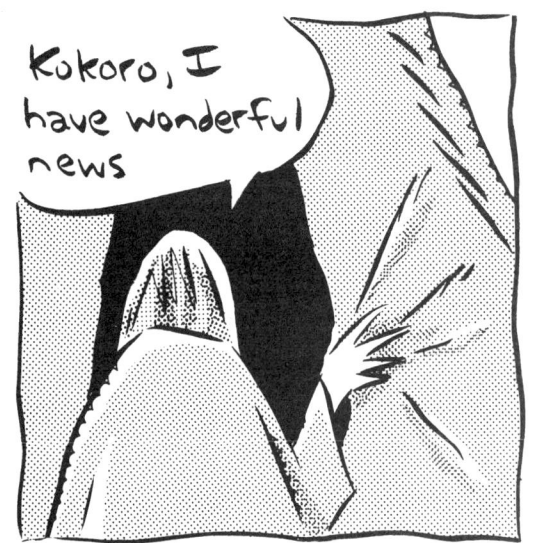 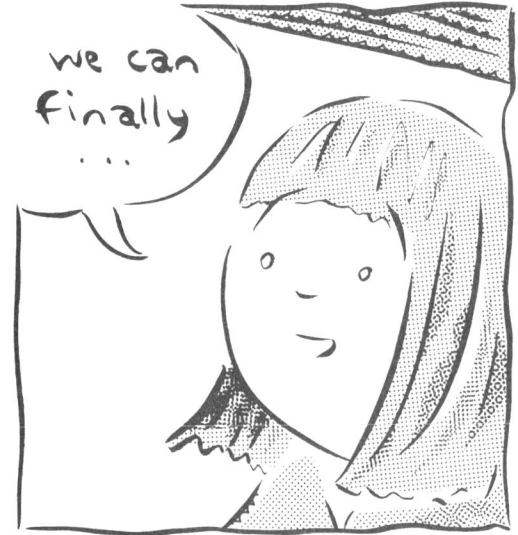
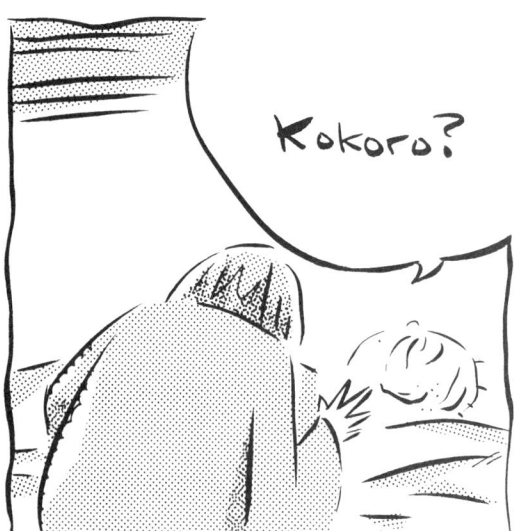 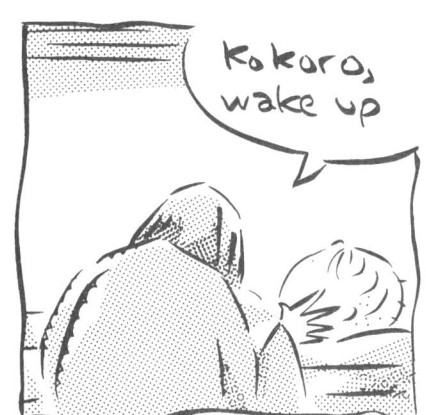

please, wake up

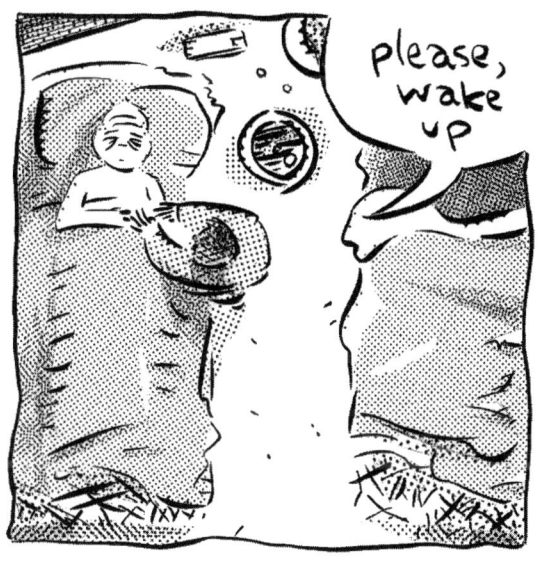

どうか起きてちょうだい。

私はお爺さんをお墓に埋めないわ。　　若い漁師が親切に私を小さな湖
のまん中へ潜き出してくれました。　私はお爺さんを水の中において
やりました。　　お爺さんはそこできっとお婆さんに会えるでしょう。

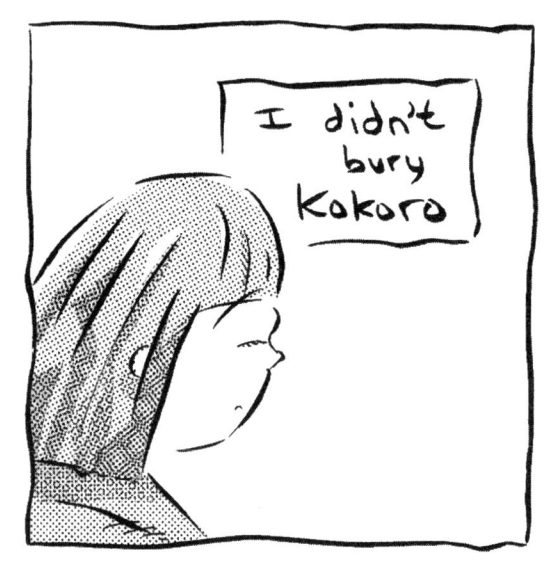

I didn't bury Kokoro

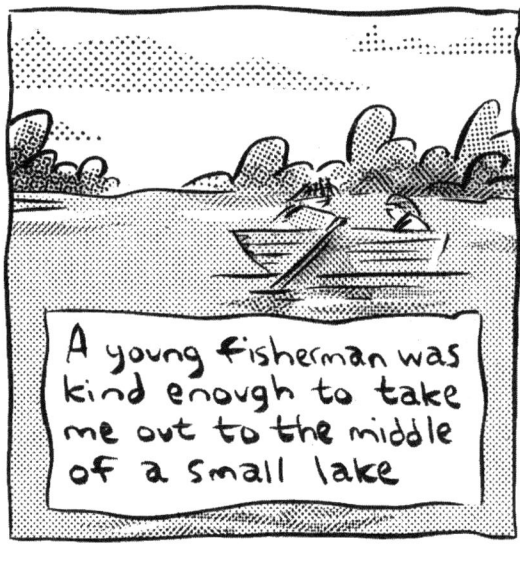

A young fisherman was kind enough to take me out to the middle of a small lake

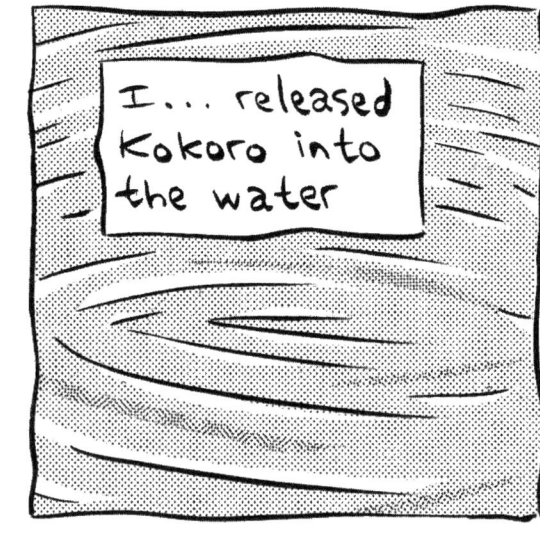

I... released Kokoro into the water

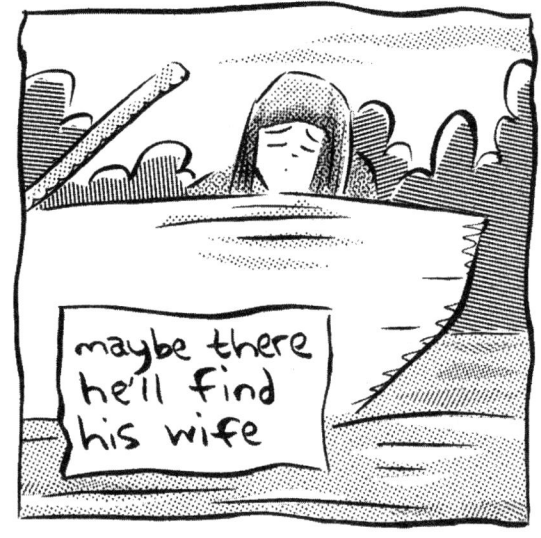

maybe there he'll find his wife

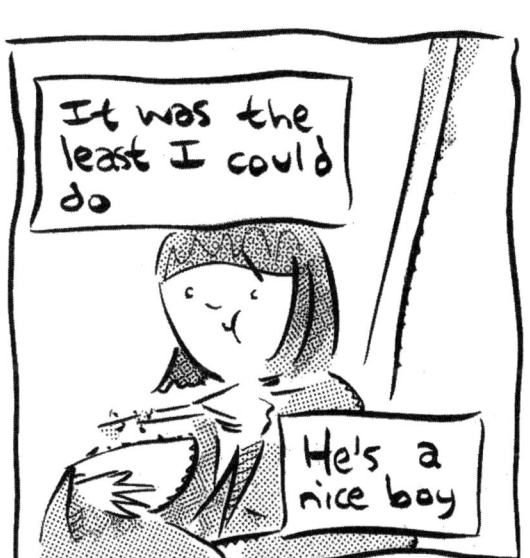

later, I gave the fisherman, Isato, some rice and fish

It was the least I could do

He's a nice boy

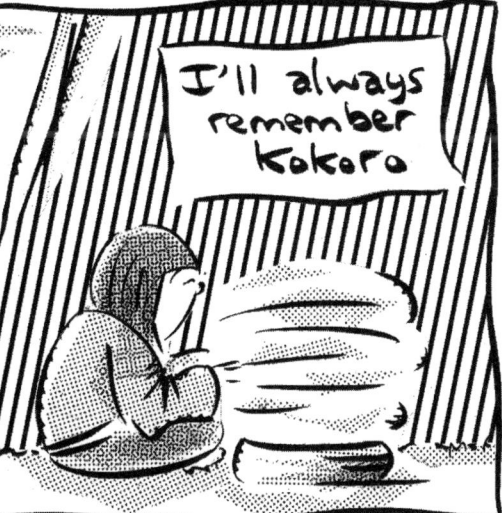

I'll always remember Kokoro

but I wanted to do something to make absolutely sure I never forgot him

私はあとでその漁師にお米と魚をあげました。彼はすてきな男の子です。でもお爺さんを忘れないように

それが唯一私に出来ることでした。私は決してお爺さんを忘れないわ。何か記念になることをしよう。

私は箱の中に ものを乱雑に詰め込んでいたわ。 でもだんだんうまくいれられるようになったの。 でもだんだんうまく今ではお爺さんのようにきっちりまえるわ。 でも私はもう一つ付け加えよう。

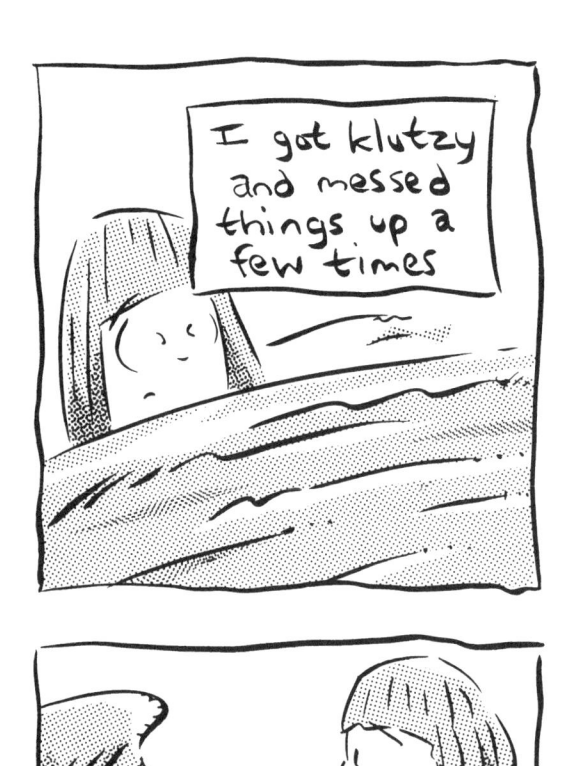
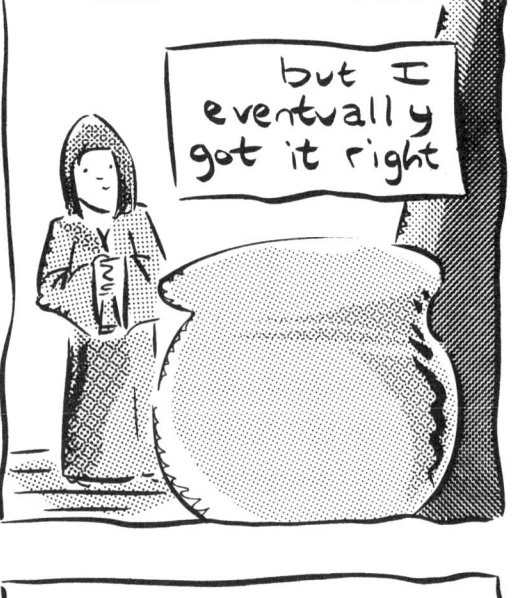
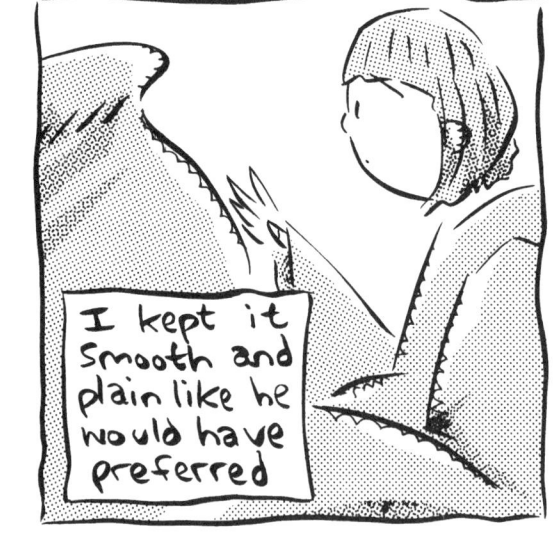
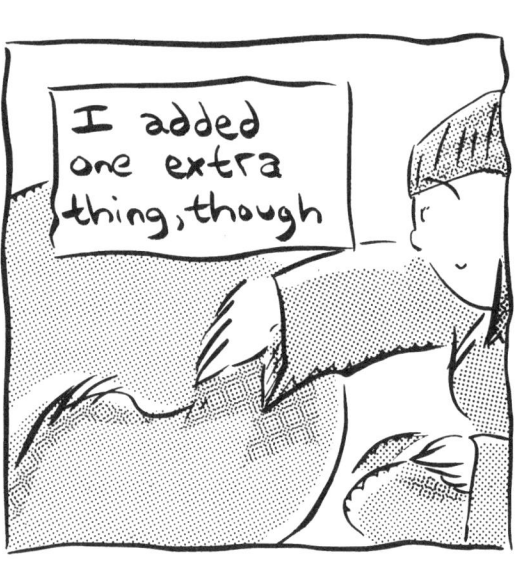

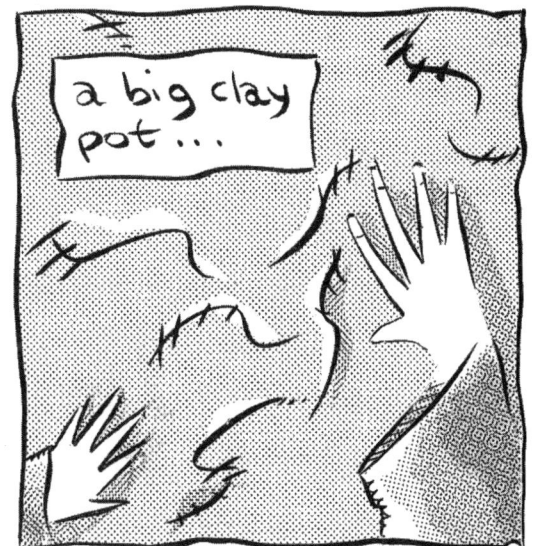
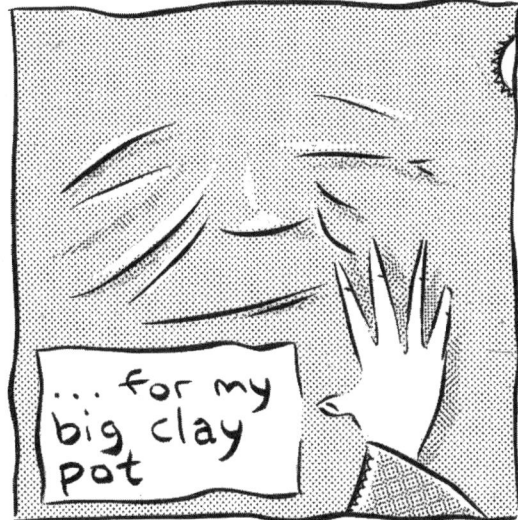
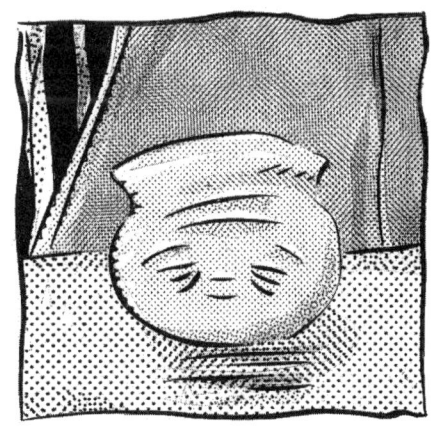

お爺さんはきっと怒らないと思うの。 大きな壺。 私の大きな壺のために。

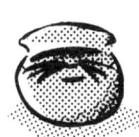 A brief rambling about big clay pots...

The Yayoi period of Japanese prehistory (300 BCE - 300 CE) may not be considered a rich period for study, but it holds a certain fascination for me. Nor is my interest limited to the production of stark, yet bold, pottery.

What an exciting time it must have been!

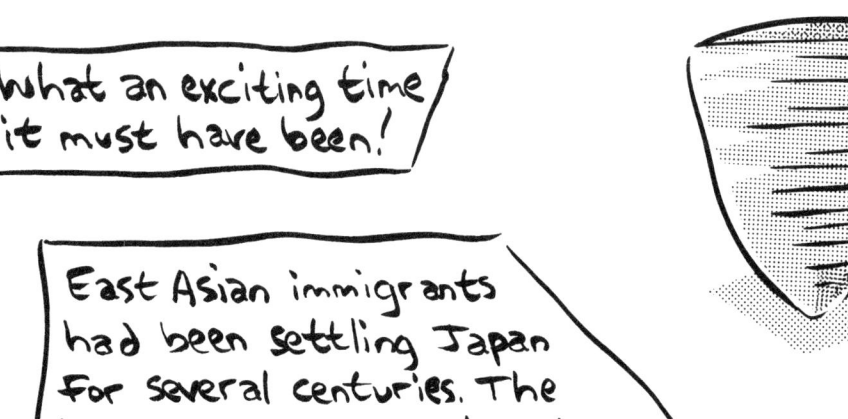
Joomon

East Asian immigrants had been settling Japan for several centuries. The land and seas were ripe with riches. How like our own English colonists they must have felt with all the wealth before them. They had much to be happy about. Much to celebrate.

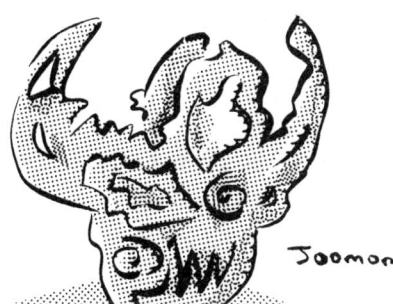
Joomon

And yet, unlike the Joomon period before it (named so for its elaborately decorated pottery), Yayoi pottery tends to be, for the most part, bare.

Surely, the Joomon peoples experienced a more unstable, tumultuous life, and so, would have less time for such ostentatious craftsmanship. Conversely, the Yayoi people must have been more settled into their surroundings, and thus had more time to express themselves artistically.

It's a mystery.

No less curious are the emotive faces which adorn several Yayoi vessels. Were they ceremonial, commemorative, or both? Were they protecting the contents within? One wonders if the faces were purely aesthetic, as many of them seem almost tacked on as an afterthought.

Whatever their purpose, they provide a nice element to my story. Through the creation of one of these pots, Sun has simultaneously honored Kokoro, worked through her grief, and established closure on an important part of her life.

Yayoi

Oh, cute Sun. Will we ever see her again? Hmmm...

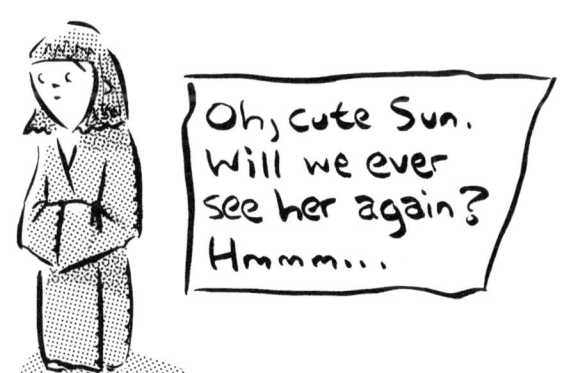

A note on Japanese letterform, by David Wybenga.

"Kanji" means "Chinese character" in Japanese. ("Kan" being short for Kankoku which means China, and "ji" being short for moji which means letter or written character.)

These are the ideograms that Japan adopted from China centuries ago as an attempt to provide Japan with its first written language. Both in China and Japan they have been revised, updated, and purged numerous times so they have evolved quite differently. "Kanji" did not adequately fit all the things that needed to be written, so two additional alphabet systems were developed. They are called hiragana and katakana. These alphabets are completely phonetic, more so than the English alphabet which varies so much from word to word.

In short, many words don't have a kanji form—only a phonetic form, but anything can be written phonetically.

Japanese can be written horizontally or vertically. When horizontal, it's read left to right. When vertical, it's written top to bottom with the lines written right to left.

Japanese uses some 5,000-plus kanji, and the two phonetic systems have over 60 characters a piece.

Super special thanks to David Wybenga for his assistance in translating this book, and the following people who assisted him: Atsushi Numata, Tae Okada, Daisuke Suzuki, Teruko Yoshida, Sanami Matsumiya, Machiko Sawada and Hiroko Iba.

Bibliography

Cells
(Xeric Grant recipient)

Fat: A Really Large Story

Lunkheads

Get Some Summer

Space

The Memory Palace of Rocket Scott Mills

This is the Time
(with Todd Webb)

Flummery Comics
(an Anthology with Jeff Sharp and various)

Pet Shop Noise

Bubba & Smoot: Friends Forever

Bubba & Smoot, and the Almighty Master
of Spacetime and Dimension

The Final Curtain

Zebediah the Hillbilly Zombie Redneck
Sleeps with the Fishes

Lazy Flight

Cannibals of North America
(with Juliette Torrez)

Short stories for: Toxic Paradise, Furrlough,
Zoomkranks, EXPO 2000.

Forthcoming:
Trench (Top Shelf Productions)

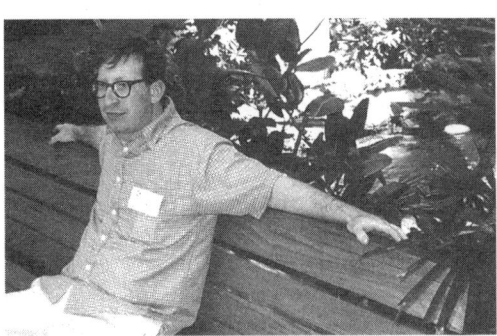

www.bubbaandsmoot.com

Cheers to Brett Warnock for his insane level of enthusiasm, and Chris Staros, for his unrivaled editing abilities. You guys are great! Thanks to Lori Reardon for the shading-film samples, and to Andy Kuhn for teaching me how to make my own shading-film. I couldn't have finished the book without you two. Arigatoo gozaimasu to Sun and Isato; your names came in handy. Extra special thanks to Professor Ock-Young Lee and my wife, Stephanie, for all their help in the research process. Pat yourselves on the back! And I have to send a nod, a wink, and a "Snausage" treat to my doggies, Bubba & Smoot, for not being too upset about not being in this book. Sorry guys, but there weren't any Boston Terriers or Yorkies 2000 years ago.

Scott Mills